一梦年少模样

城郭 著

郑州大学出版社

图书在版编目（CIP）数据

一梦年少模样／城郭著. — 郑州：郑州大学出版社，2021.5
ISBN 978-7-5645-7831-2

Ⅰ.①—… Ⅱ.①城… Ⅲ.①长篇小说－中国－当代 Ⅳ.①I247.5

中国版本图书馆 CIP 数据核字（2021）第 084239 号

一梦年少模样
YI MENG NIANSHAO MUYANG

策划编辑	李勇军	封面设计	孙文恒	
责任编辑	暴晓楠	版式设计	孙文恒	
责任校对	刘晓晓	责任监制	凌　青	李瑞卿

出版发行	郑州大学出版社有限公司（http://www.zzup.cn）
地　　址	郑州市大学路 40 号（450052）
出 版 人	孙保营
发行电话	0371-66966070
经　　销	全国新华书店
印　　刷	河南匠心印刷有限公司
开　　本	890 mm×1 240 mm　1 / 32
印　　张	5
字　　数	103 千字
版　　次	2021 年 5 月第 1 版
印　　次	2021 年 5 月第 1 次印刷

书　　号	ISBN 978-7-5645-7831-2	定　价	39.60 元

本书如有印装质量问题，请与本社联系调换。

目　录

一、从黄寨成为黄村

一

又一年的光景。

今年的清明节与黄村举行庙会的日子很接近。

清明节，大学放假一天。黄康没有回城市中的家，而是早早地回到了黄村。这次回黄村，他决定赖着不走，待上一段时间。他知道自己的父母也会回到黄村，他们要给爷爷黄老头扫墓。黄康对黄老头没有感情，对黄老头的记忆，还只是停留在四岁之前的时候，而当时的深刻源自黄康的"痛"。四岁那年，他忘不了洗胃的痛苦，也忘不了自己出院后，父亲严肃地命令他跪在黄老头的墓碑前磕头。

黄康到黄村的事情，并没有提前告诉黄奶奶。到了家里，黄奶奶正在院子里面打扫卫生。黄康突然喊道："奶奶！"黄奶奶急忙转身，惊讶道："三三，你咋跑回来了？这一路跑回来，饿不饿？渴不渴？累不累？"说完，黄奶奶扔掉手中的扫把，拿着身边的小凳子给黄康坐。虽然黄奶奶今年已过古稀之年，但是她的身体依然硬朗。黄奶奶给黄康安顿好，急忙就去胖婶家的超市里买黄康喜欢吃的食物。黄奶奶节俭了一辈子，邻居们看到她买了很多食物，都很惊讶。黄奶奶开心地对邻居们说："我家三三回来了，这些都是他喜欢吃的。"

黄奶奶做好一桌子美味食物，看着黄康狼吞虎咽地吃着。她说："饿死鬼托生的一样。没人跟你抢，慢慢吃，别噎着。"黄康抬头，嘴里一边咀嚼着食物一边回道："还是您做的饭好吃。"黄奶奶呵呵地笑着。孙子对她认可才是最大的认可。

黄康又问道："奶奶，你怎么不在市里住了，还回到黄村，住不惯还是其他原因？"

"住不惯是一个原因，城市里的房子就像一个鸟笼，被困在里面，出门又怕走丢。另一个原因，我是被黄土埋进去半截的人，人老了，也想落叶归根。"

黄康不咀嚼嘴里的食物了，而是硬生生地吞到胃里面。他大声对奶奶说："什么黄土埋半截？什么老了？奶奶你不老，你能长命百岁，看着我结婚生子，必须帮我看孩子。"

黄奶奶笑了，露出嘴里几个镶嵌的假牙。

"奶奶真的老了，帮你照看不了孩子了。不过，我必须要等到你结婚的时候，看你娶一个如花似玉的新娘子。"

"哈哈哈……"

祖孙两人一起大笑着。

清明节当天，黄奶奶早早地准备好纸钱、鞭炮、供品，只待黄康的父亲回家来。黄康的父亲不论在外多忙，清明节这天，他一定会回来，回到黄村给黄老头扫墓。

黄村的祖坟就在寨子东边，沙土地里面，不过那里长满了灌木丛，尤其坟墓的周围种了一圈柏树和松树，黄村的祖坟就显得更加阴森恐怖。不过，近些年，黄村村民已经把那些灌木丛开垦掉，种上了红薯，黄村祖坟也就不显得那么阴森恐怖了。

传闻黄村祖坟那一带，有村民见过野猪。平原地带，野猪只是传闻。不过，野兔、野鸡、黄鼠狼等，黄康小时候经常看到。

黄村的祖坟现在已经容不下太多老去的人，一部分小辈就把祖先的坟墓迁了出来。不过，黄康的爷爷还在祖坟里面埋着，毕竟他家以前很有威望。这次，父亲回来，拿上黄奶奶早已准备好的祭品，就带着黄康去祭拜黄老头。

来到黄老头的坟墓前，黄康的父亲把祭品摆放整齐，黄康负责点燃鞭炮。鞭炮声响了，黄康的父亲也把纸钱点着，他在黄老头的坟前磕了三个响头，然后对黄康说："黄康，过来。"

黄康听到父亲叫自己，按照以前的惯例，他很清楚自己下一步该怎么做，他直接跪在黄老头的坟前，学着父亲的样子磕了三个响头。

黄康磕完，黄康的父亲在黄老头的坟前说："爹，我又带着黄康来看您老人家了，您老人家在那边要过得好。您不用担心我们，我们都过得很好。"

黄康在一旁静静地听着，他的注意力在鞭炮声中。鞭炮声结束，纸钱也从火焰变成一堆灰烬，黄康这才回过神，他努力回想黄老头的模样。

扫墓结束，黄康跟着父亲回到老宅子里面。黄康的母亲和奶奶已经做好一桌子饭菜。这是离别的饭局，黄康知道自己的父母吃完这桌子饭菜，又要去城市里面工作了。

送走父母，黄康就去找胖墩儿。今晚，他们还要给黄瞎子祭拜。

胖墩儿早早地准备好了一切。黄康和胖墩儿在夜色中向土冈下黄瞎子的坟墓走去。黄瞎子去世这么多年，除了胖墩儿、芳芳和黄康三人来扫墓，几乎很少有人再提起他，更不用说给他扫墓了。

胖墩儿在黄瞎子和黄瞎子老婆的坟墓前点燃纸钱，像以往一样，胖墩儿从衣服里拿出来两瓶白酒，一瓶倒在黄瞎子的坟前，另一瓶递给了黄康。黄康灌了一大口，胖墩儿接过来也灌了一大口，剩下的白酒又倒在黄瞎子坟前。黄康和胖墩儿心照不宣，剩下的酒是替黄蛋敬给黄瞎子的。

祭拜完。两人漫无目的地向土冈上面走去。胖墩儿问道："三三，这次回来什么时候走？"

黄康回道："等到庙会那天吧，我已经好长时间没有参加黄村庙会了。"

"是啊，你很久没有参加黄村的庙会了。"胖墩儿附和道。

两个人又走了一段，到了土冈上面的寨子。胖墩儿突然问黄康："你知道黄寨什么时候成了黄村吗？你知道你爷爷和黄瞎子以往的过节吗？这些事，以前没有告诉你。"

关于黄村以前的事，黄康倒是知道一些。而他爷爷黄老头与黄瞎子的过节，他还是第一次听到。

黄康对胖墩儿说："你这个黄村的'百事通'，详细给我讲讲这些事吧。"

两人坐在地上，胖墩儿讲了起来。

二

黄村以前叫作黄寨。黄寨旧址在现在黄村东边土冈的最高点，而那边土冈绵延有二十多公里。

中华人民共和国成立前那些年，烽烟四起，当时的土匪也很猖獗。为了保护自己的生命安全和自家的财产，老一辈的黄村人便举家上了那个土冈。也因为有这个土冈的庇护，土匪来袭击的次数变少了。周围几个村子的人，看到黄村的土冈上面是不错的落脚地，便去商量，一同搬上了这个土冈来住。于是，这里成了一个容纳不同村民的大寨子。他们一起修缮这个寨子，本来黄寨就在土冈的最高点，经过无数次修缮，黄寨地势又被抬高了五六米，寨子周围全部用铁锹砌得平平整整，除了寨门前通人，其他地方都是将近三十米的土墙，没有人徒手爬得上去。寨子的东南角和西北角都建了岗楼，两个岗楼里都装着一口铃铛，每次遇到突发情况，岗楼的铃铛就被敲响，全寨子的人都能听到，一起来抵御入侵者。岗楼里的岗哨是每家每户轮流派出来的壮丁。从此，寨子上的村民就再没有被附近的土匪侵扰了。

中华人民共和国成立后，寨子上欢庆了三天，岗楼里的小钟被连续敲响了三天。三天后，寨子上其他村子的人纷纷搬出了寨子，他们都要回到原来居住的村庄了。

黄村的村民则多留在黄寨几天，他们把寨子东边的土地翻整了一遍，最后才走下寨子。

黄村原来的房子还都在，大多数是茅草屋，已经变得破旧不堪，房檐上大小不一的漏洞清晰可见。黄村本来就是周围几个村子中人口最少的村子，只有百十口人。他们下了黄寨的第一件事就是修缮自家的茅草屋。而在当时，黄村有两家地主，一个是黄瞎子的家，另一个是黄老头的家，也就是现在黄康的家。黄老头原来不是被叫作"黄老头"，当时的人都叫他"黄老爷"，他很喜欢这个称呼。每当有人叫他黄老爷时，他脸上就流露出一丝骄傲的表情。他们两家的房屋都是用那种大块的青砖砌筑的，不会因为风吹日晒而短时间内破旧，反而更加地坚固。

其他村民看着他们两家只是扫扫地，整理整理家具，每个人都露出羡慕之情。

他们不知道的是，后来的一段时间内，这些房子就被分出来了。

黄村中就只有这两家地主。按钱财的多少来分，黄老头家是资金最雄厚的一家。黄瞎子家则是有很多的土地，黄瞎子家的房子是三层的楼房，房子后面附带一个很大的院子。黄老头家原来也有很多土地，到了黄老头这一辈，家里土地就没那么多了。以前农忙或农闲时，黄老头家里都有一帮子长工。现在基本上就是在农忙时，才请一些短工。他家的院落也很大，是一个四合院。正对着大门的是一个屏风，屏风后面才是一个二层的楼房，大门左右有几间偏房。黄老头年轻时就喜欢败家。他最喜欢赌博，偷偷地跑到北镇那边赌博，他的父母提起他就摇头。因为黄老头是家里的独苗，家里人总是睁一只眼闭一只眼。最后黄老头也抽了一段时间大烟，赌博也越来越凶。家里的很多田地都抵押给了黄瞎子的父亲那一辈。

当时，分贫农、富农、地主三个阶级。最先批斗的就是黄瞎子和黄老头这两家地主。

黄老头天生就是很骄傲，他一直被人尊称"黄老爷"，现在却被别人批斗着，家里的田地还要分给别人。他心里一万个不愿意，他说什么都不会把土地分给别人。黄老头的老伴是一个通情达理的人，她努力地劝着黄老头，不让他生事端。土地给了其他人也行，自己只要够吃喝就行。黄老头不依。但是，当黄老头被带到刑场，看到其他村子的一个大地主被枪决，黄老头那颗骄傲的心才被击碎。后来，他被一帮人解开绳子，扔到了大街上，心惊胆战地跑回家。

他回家后，一直坐立不安。他老婆把饭做好端到他的面前，他看着饭却不敢吃，他真的是害怕了，害怕有一天，自己也被这样枪决了。

他开始对他老婆诉说他被拉到刑场的情形。

"我是不是也会被枪决？"他颤颤巍巍地对他老婆说。

"不会的，他们这是在吓你，杀鸡儆猴。他们杀的都是大地主，这些大地主以前欺男霸女，算是这边的一些恶霸，他们不仅与土匪们有勾结，而且还做日本人的走狗，现在肯定要被枪决。你原来就是抠门，只是对长工和短工苛刻，放心吧。他们这是让你不要欺压普通百姓，懂不懂？你还能再活几十年呢。"他老婆就这样给他宽心。

黄老头一直很相信他老婆。他娶的老婆姓丁，是十里八村有名的美女。这女人就是黄康的奶奶，后来被村里人叫黄奶奶。

黄老头不再问了，端起桌子上的饭碗开始大口吃。他心里决定了，谁如果要宅子，要田地，就都分给别人。

另一方面，黄瞎子也在家坐立不安。他也被绑到了刑场，目睹了枪决其他村地主的场景。他害怕有一天自己也成为被拉到台上的那个人。他老婆劝说着，让他把房子和田地都送出去。黄瞎子也拒绝了。

他大声对他老婆吼："田地可以一块都不留，房子谁都拿不走。"

黄瞎子大吼过后，回想起了父辈的不容易。黄瞎子的大名，现在没有几个人知道了，黄村大多数人都是叫他的绰号"黄瞎子"。他是遗传的夜盲症，从他爷爷辈起，一到黄昏，人眼前就一片黑。他的父亲也是，每当黄昏后，眼睛就看不清了。家里的所有财产全都是他的父亲一点点地积攒起来的。黄瞎子家与黄老头家不和，大概是从父辈开始的。当时的黄村就黄老头一家地主，也就只有他一家有钱。黄瞎子的爷爷就给黄老头家做长工，他的父亲也在黄老头家做长工。黄瞎子小时候就给黄老头家放牛。直到黄瞎子的父亲攒了多年的钱，从黄老头的父亲那买了几亩田地，才慢慢起家。黄瞎子永远不会忘记那时候，他的父亲为了那几亩地多打一点粮食，每天都起早贪黑，晚上从地里回家时，总拿锄头当作拐棍，一步一步地向前摸索。有一次，因为天太晚，自己的眼睛已经看不清道路，就掉进了路边的水沟里，全身湿透，头皮也磨破了，一直淌着鲜血回到家中。

黄瞎子忘不了，自己现在住的房子，就是他父亲一生的心血。家里的财产越来越多，他家依然不去请长工来干活，大多只是农忙时，才招来几个短工。黄瞎子也永远忘不了，少年时，黄瞎子为黄老头家放牛，就没少受黄老头的欺负。

黄老头当时命令黄瞎子："小瞎子，把我家的水缸打满水！"

黄瞎子唯唯诺诺地回答黄老头："少爷，水缸里的水是该别人打的，我只是负责放牛啊。"

"我说让你打水，你就得打水！你是不是想挨揍！"黄老头命令着，然后挥舞着手中的皮鞭。

黄瞎子害怕被打，干着很多不属于自己的活儿，他也想象着有一天自己不受气。

成年以后，黄老头就开始败家，家境也衰败了很多，而黄瞎子家却越来越兴旺。

黄老头就心里不甘，他看着以前经常被欺负的人变得比自己家有钱，便与黄瞎子争论，黄瞎子也没有再跟他谦让，从此两家就不再来往。

"这个房子不能让出去！"黄瞎子说了一个晚上，"这是我父亲几十年辛辛苦苦攒下来的家业。"

黄老头那边第二天就搬出了自家的祖宅。黄瞎子依然坚守着自家的宅院。

理所当然，黄瞎子就成了众矢之的。

黄村的人大多是同族的。即使村里有哪个人犯了错，只要不是太大的错误，村里人都不怎么计较。黄村人不想去批判黄瞎子和黄老头两家人。可是，没办法，不去批斗地主的话，自己家也会遭殃。

平时高傲的黄老头在这一段时间中被批斗得一无是处。虽然黄瞎子平时不高傲，但是他就是要固执地死守着自家宅地，更是批斗的重点对象了。

因为黄瞎子的固执，后来，他被带走了，带到了一个劳

　　　　　　　　　　　　　一梦年少模样

改的地方。黄老头侥幸躲了过去。

一转眼几年过去了。

黄老头的日子也不好过。他再次搬回了自己的老宅子，里面的草已经长得很高。本来好好的四合院，对着大门左边的偏房被拆得七零八落，堂屋的屋顶也被拆了好多。黄老头的老婆黄奶奶开始找了很多村民帮忙修缮堂屋。堂屋修缮完后，黄老头就很少再出门。村里有红白事，基本上都是黄奶奶去帮忙张罗。

黄瞎子再回到村子时，一切都过去了，一切也不一样了。变化最明显的，便是他的视力越来越差。

黄瞎子的老婆见到黄瞎子第一眼就痛哭起来。黄瞎子问他老婆："孩子呢?"

他的老婆还是在大哭。看着他老婆病恹恹的样子，黄瞎子突然明白了发生了什么事。他默默地抱住他的老婆，轻轻地问道："孩子埋在哪里了?"

"在东边的土冈上。"黄瞎子的老婆还在抽泣。

黄瞎子去买了一捆黄纸，与他老婆一同去了土冈上。他老婆没有给孩子立碑，连土丘都不敢堆起来，她担心几岁的孩子以后不能投胎。农村迷信的说法是未成年的孩子不能立碑。但是，她知道那个地方，那个埋自己孩子的地方她这辈子都忘不了。

黄瞎子拿起黄纸烧了起来。

"不要难过了，一切都是命吧!"黄瞎子安慰着他老婆，同时也安慰着自己，"我的爷爷算命一辈子，可家里还是越来越穷，我爹不愿意我爷爷算命，说这些会折自己的寿命，也会折后代的福分。我爹后来就没有继承爷爷的算命本领。看来我爹说得没错。"

黄瞎子回到家里一年后，他的老婆也去世了。他的老婆没有埋在自家的祖坟，而是埋在了他们孩子埋葬的地方。黄瞎子没有哭，来帮忙的村民都会安慰他几句。他只是回应一句话："这就是命啊！"

处理过老婆的后事，黄瞎子闭门不出。在那个三层楼的宅子里待了整整一个月。

他的眼睛越来越不好，不只是晚上会看不清东西，白天也会突然看不清东西。外人也能看出来，他从劳改的地方回来后，眼睛明显不一样了。虽然说不出来他的眼睛与以前到底哪里不一样，但就是会让人感觉别扭。

黄瞎子待在屋里的那一个月，撬开了地面的几块青砖。当初盖这座楼的时候，他知道他的父亲把他爷爷生前的遗物埋在了地基下，里面也是黄瞎子的爷爷唯一留下的资产。那是一本算命的古书，扉页泛黄，已经没有封面了。

黄瞎子在这一个月中，把这本算命的古书翻看了五六遍。他还为自己做了一副拐杖。他知道自己眼睛的情况，他怕有一天自己突然就什么也看不到了，那时再去做拐杖就晚了。他家还有一把二胡，他也翻找了出来。

出门的第一天，村民们都被黄瞎子的装束吸引了，村民们私下议论黄瞎子有可能是疯了。他挎着一个斜包,里面装着一本算命的古书和一本老皇历。手里握着自制的拐杖,身后背着一把二胡。他出门的第一件事就是用自己的步数去丈量从自己家到妻儿坟墓的距离。黄瞎子心里盘算着,就算以后真的看不见路了,他也能在清明节的时候给妻儿上坟。

从此,黄瞎子走上了给人算命的道路。

用他自己的话来说,经历了所有,失去了所有,便孑然一身,也就看明白了人生,算命是将来谋一口饭吃。

三

黄康听着胖墩儿讲述这些,这么多年,他竟然不知道自己生活的地方还有这些事。

从黄寨到黄村,对于名字变化这件事,黄康知道一些,只是很少会有人再提起。名字的变化还有黄康自己,在黄村他永远被叫"三三",出了黄村,他只叫"黄康"。

黄康站起身盯着被夜色笼罩的红薯地,他的思绪也被拉到了小时候。

二、红薯地

一

　　黄村的村民们从寨子上面回到村子里过了很久，土地也被全部收回，再重新分配。

　　这些年，随着黄村的人口不断增长，他们便开始把寨子东面的荒凉的沙土地全部开垦了出来。

　　当初很多村子一起聚在黄寨后，黄寨东边的那些沙土地已经被开垦出来一部分。土冈东西两面的景色完全不同。土冈西边就是现在的黄村，树林丛密，良田遍布，还有一条小河从现在黄村的村西头穿过。而东边则大多是荒地和灌木丛，这边的土地大多是沙土地，不仅没有河流，而且打一口浅水井却抽不到水。荒地被开发出来了，村民们就从西边的小河里取水，大桶小桶地运到这被开垦出来的荒地里面。村民们把黄村西边小河里的水运到东边的荒地里，不仅麻烦，而且也只是杯水车薪。

关于土冈东西截然不同的景色，黄村曾有这样的说法：很多年前这片荒地原本是一条大河，大河干涸后，地下的水也被带走了。胖墩儿是这样对黄康讲的，而胖墩儿经常听老人讲故事。

这连成一片的土冈，传闻是原来一条大河的河堤。有这样的猜测大致是因为土冈东面的荒地下面全是沙子，向东穿过一公里的沙地，另一边还有一片贯穿南北的土冈，也是绵延着二十几公里。那片土冈与黄村东边的土冈刚好平行对应。

黄康记得村子里盖房子时，大多数村民就在那里挖沙子。黄村很少有人会去买外面的海沙，他们用的就是从沙土地挖出来的沙子。

后来黄村里面的传言和胖墩儿的说法也得到了证实。很多年前，这里是一条大河。

黄康在上小学四年级的时候，挖沙的村民在这片荒地里挖出来一个船上的锚具。消息传到村里，黄康跟着胖墩儿一起去看了那个挖出来的船锚。

见到真的船锚，胖墩儿很骄傲地对黄康说："你看吧，我说得很对，这里原来就是一条大河。"

关于这一大片沙土地，黄康记事时，这里已经成了标志性的红薯地。而关于这一大片红薯地的起源，也是胖墩儿告诉黄康的。

中华人民共和国成立前，黄村和周围的几个村子都生活在土冈上的黄寨里。这些人放弃了太远的田地，索性开垦了一部分这里的荒地，就这样勉强维持着生计。中华人民共和国成立后，其他村子的村民都回到原来的地方，这片开垦出来的土地就属于黄村人了。再后来吃大锅饭时，人们不论干多少活儿，都吃同样的饭。这一小部分被开垦出来的荒地就又被闲置了。还有一个原因就是，只有黄村在这几个村子里人口最少，争不过其他几个村子，其他村子把多出来的土地都强行给了黄村人。这样黄村的土地就更多了，黄村人根本种不过来这么多土地。当时黄村老一辈人都很生气，说周围这几个村子里的人是忘恩负义的人，有难时，黄寨收留了他们，而现在生活稳定时，他们开始恩将仇报。

再后来，土地又改革了。黄村人的土地是最多的，周围几个村子陆续来道歉，想要回去一部分土地。黄村人就不同意。一直过了很多年，北镇也派来了人员调节，这才把原来的良田分出来了一些还给了黄村周围的村落。

黄村本来还有土冈东边开垦出来的荒地。虽然只是沙土地，但是北镇政府出钱在这里打了一口深水井，专门用来浇灌这一片的沙土地。

虽然土地被分出去了一部分，但是黄村的土地还是很多，村民们管理不过来。这片沙土地，后来就成了一直延续种植的红薯地，种上红薯很方便管理。黄康的记忆里，红薯一直围绕着他的生活。

　　　　　　　　　　　　一梦年少模样

二

黄康喜欢吃红薯，尤其是烤出来的红薯。只要等到秋收后，黄奶奶每天做早饭的时候都会给黄康在灶台旁边烤一个红薯。饭做好了，灶台旁的红薯刚好也就烤熟了。

黄康吃完早饭，就拿起那个烤好的红薯，一边暖手一边吃着就上学去了。

这样的场景会从秋收后一直持续到冬天。冬天的雪花一直飘落，黄康也不用打伞，雪花落在身上，他把自己想象成一个行走的雪人，走在雪地上，踩下一个脚印就吃一口红薯。走到学校门口时，红薯也就刚好吃完。

黄村种出来的都是白心红薯，虽然没有黄心的红薯和紫薯好看，但是黄康一直觉得白心的红薯更好吃一些，尤其是白心红薯烤出来后吃着的口感。或许是黄康习惯了这个味道，也是他童年的味道，他就特别喜欢吃他奶奶给他烤出来的白心红薯。

黄康记忆深刻的还有红薯发酵后的味道。黄康觉得红薯发酵的那个味道与新鲜泥土味有几分相似。

黄康的家是老宅子。虽然黄康是黄老头的孙子，但是他对黄老头没有太多的印象。每当别人提起黄老头时，他也会偷偷地回想一下。回忆到三岁时，他知道有一个爷爷叫黄老头，五官也记不太清了。黄老头当时已经患上腿疾，偶尔会拄着拐杖在院子里转一圈，但他走不了几步就会找个地方歇会儿，其他大部分时间就在老宅子的堂屋里待着。这个老宅子的堂屋是两层的楼房，比黄瞎子的老房子矮了一层。相同的是，里面跟黄瞎子的老宅一样，很暗。当时，因为老房子的光线昏暗，黄康看到堂屋里面就会害怕，所以他几乎没有进去过，他就住在宅子右边的偏房里。

黄康是一个很柔弱的孩子，天生就是体弱的那种。黄康的父母都在外面工作，很少回家。黄康一岁半时就被他父母送到了黄村，送到黄奶奶的身边。"三三"这个名字是黄奶奶给他取的小名，黄奶奶找了黄瞎子算过黄康的命，名字得有三，黄奶奶给他起了"三三"这个小名。黄康上面两个哥哥都夭折了，黄康算是第三个孩子，黄奶奶认为是黄老头以前当地主的时候，躲过了批判，却殃及了后代。因为家里孩子夭折的事情，黄奶奶常与黄老头吵架，诅咒着黄老头快点死去吧，别再祸害后代了。

虽然黄老头的脾气不好，但是后来腿脚不方便了，也不敢与黄奶奶有顶撞。当初黄康的母亲就是因为与黄老头的脾气合不来，才与黄康的父亲一起去城市里面打工了。

在黄康印象里，这个老宅子原本对着大门的左边还有几间偏房的遗址，最后都已经清理得没有痕迹了，那个地方被十几口大水缸占用了，这些大水缸是沉淀红薯淀粉的容器。

当初对土冈东边的沙土地，村民们都在发愁种什么，种过一段时间的花生。后来，有几户人家种了红薯，长势也很不错。剩下的村民也跟风全部种上了红薯，这片沙土地也就成了一片红薯地。

大面积种植红薯后的第一年秋收，因为红薯太多了，村民们卖了很久，也没有卖出去多少。

当时，黄国忠作为村支书也发愁。在这个时刻，黄奶奶站出来了，她说她有办法把这些红薯都解决了。黄奶奶能嫁到黄村，是因为黄老头的家里花了很多钱。黄奶奶生在一个商业世家，因为战乱，她的父亲做生意赔了钱，欠下很多债，刚好黄老头家里送来了很多钱，解决了她家的燃眉之急。黄奶奶的父亲把欠款还了，黄奶奶也就顺理成章地嫁了过来。

黄奶奶提出要做红薯粉条的建议后，黄国忠就放心了。

在黄国忠的号召下，黄奶奶召集了很多村民，把自家废弃的偏房收拾出来。又搭盖了一间小房子，筹钱添置了十几口大水缸，大水缸就整齐地摆放在院落内，这些大水缸是做红薯粉条的重要工具。

黄康不满四岁时，经常围着这几口大水缸转圈，这也是他最喜欢做的事情。

黄康在秋收后就喜欢看村民们都聚在他家里一起打碎红薯，做红薯淀粉，再用红薯淀粉做出来粉条。女人们负责把红薯捣碎、过滤、沉淀。男人们就在那间小房子里做粉条。做红薯粉条的工具很简单，铁质的大水瓢下面穿了十几个小孔。红薯淀粉用水调配适中，然后倒在铁水瓢里，铁水瓢高高挂起，红薯淀粉就慢慢下落到沸腾的大锅里。在锅里滚一会儿，捞起来，淀粉就变成了粉条，然后村民们把粉条搭在院内的棚子下晾晒。

黄康喜欢在晾晒粉条的棚子下转悠，当时与黄康一起玩耍的还有胖墩儿。胖墩儿的母亲胖婶是做粉条的人中最积极的妇女之一，胖墩儿就被胖婶带到黄康家里，作为同龄人，黄康也和胖墩儿一起玩耍。

也是因为秋收农忙，很多家里的小孩子都没人照顾。黄康家门前就搭建了一个很高的秋千，供孩子们玩耍。

黄康胆子小，他经常在旁边看着年龄稍大一些的孩子们荡秋千，那些大孩子们都把秋千荡得很高。黄康会趁着没人的时候偷偷玩一次。村中大人们在庭院里忙着做粉条，村中的孩子们就在门前荡秋千。

胖墩儿是黄康认识的第一个小伙伴，他们围着大水缸和晒粉条的棚子转悠，转得无聊了，胖墩儿就拽着黄康去荡秋千。胖墩儿比黄康大一岁，胆子也大一些。胖墩儿荡秋千时，在没有外力的情况下，一个人就能把秋千荡得很高。

有一次，胖墩儿摔了下来。他荡的时候没有抓好绳子，在半空中就掉了下来。

黄康哭喊着跑回了院子里，告诉正在忙碌的人们，胖墩儿出事了。胖婶听闻急忙跑了出去，胖墩儿当时就在秋千下一动不动地趴着。胖墩儿的父亲骑着摩托车，把胖墩儿送去了医院。

隔了几天，胖墩儿又嘿嘿笑着站在了秋千前面。他的手臂打上了石膏，身体其他部位都还好，医生说除了胳膊骨折了，胖墩儿还有轻微脑震荡。黄康看着胖墩儿站在秋千前傻笑着，他觉得胖墩儿是被摔傻了。

　　这次也是黄康在七岁以前最后一次见到胖墩儿了。

三

　　黄康的生日在每年的秋收后，生日在收获的季节，每年这个时刻，黄奶奶都会准备一桌丰盛的饭菜给黄康过生日。再过几天秋收就结束了，黄奶奶心里已经盘算着给黄康过生日了。然而，就在黄康快要生日的前两天，他却出事了。

　　早晨，黄奶奶在厨房里准备早饭，黄康像往日一样，围着院子里的大水缸转圈。当黄奶奶做好早饭，走出厨房喊黄康吃早饭时，她却看到黄康手里拿着一块饼干正在吃。黄奶奶上前就把黄康手里的饼干夺了过来。黄奶奶知道自己家的饼干在一个月前就吃完了，就询问黄康："饼干哪里来的？"

　　黄康指着水缸旁边说："我在那里捡的。"

　　黄奶奶心里一惊，她急忙跑进了堂屋，大声地质问黄老头："你在水缸那儿放饼干了？"

　　"怎么了？我今天早上在床下捡到两块饼干，已经过期，刚好下了老鼠药。"

　　"你这个老糊涂，三三吃了那个饼干！"

黄老头顾不得拿拐杖，直接从床上滚了下来。黄奶奶没有扶黄老头起来，她跑去黄村街上找人帮忙把黄康送到医院里。

黄康送去医院后，直接被推进了重症监护室。一条管子插进黄康的嘴里，黄康觉得一阵恶心。黄康被洗胃了，这样的痛苦还没有结束。医生说，黄康身体里已经吸收了一部分药物。医生让黄奶奶去寻找卖老鼠药的人，想知道这种老鼠药的成分。

黄康的爸爸和妈妈也回来了，他们一直守在黄康的病房外。虽然他们没有责怪黄奶奶，黄奶奶却一直惶恐不安且内疚，在病房前面踱步。

终于，医院联系上了生产这种老鼠药的厂商，厂商把老鼠药的成分发给了医院。黄康住院了四个月才出院，主治医生说，黄康的病情没有什么问题了，后期要注意保养身体，还有可能在成年后留下一些后遗症。

出院回家后，黄康却没有再看到黄老头。后来，他才知道自己的爷爷黄老头在他住院期间就去世了。黄老头知道黄康误食了自己下的老鼠药，没有拿起拐杖就从床上面摔了下来，他的头刚好摔到了地上。黄奶奶没有注意黄老头摔倒后的事，她只想着自己的孙子黄康的事。

待到黄康的病情稳定，黄奶奶回到家才发现黄老头趴在地上，身体已经冰凉。

听到这个消息，黄康的父母也赶到了家，匆匆为黄老头

一梦年少模样

操办了后事。

黄康出院以后就再也看不到黄老头，也看不到黄老头严厉的表情了，黄老头已经入土为安了。黄康当时没有觉得少了些什么，唯一就是奶奶没有以前那么爱笑了。

黄康进入家门没多久，他的父亲就带着他去黄老头的坟前。黄康的父亲直接跪了下来，然后要求黄康跪下磕头。黄康看着父亲一脸严肃的表情，不敢细问，只能照做，"扑通"一声跪下，磕了三个响头。

其实，黄康不知道的事还有他的父亲已经和奶奶商量过了，要把黄康带走，放在自己身边生活。回到家中，黄奶奶直接抱着黄康，她细声细语地给黄康交代回去要乖，要听父母的话，黄康似懂非懂，他只是以为过几天就会再见到黄奶奶。

然后，黄康就被父母带走了。过了三年的时间，由于黄康的父母工作变得越来越忙碌，黄康才又被送回了黄村，跟着黄奶奶生活。

三、老槐树

一

黄村北头有一棵老槐树，树下放着大大小小的石碾和磨盘，石碾和磨盘都是黄村村民闲暇时放在这里的，平日里，这个石碾和磨盘便成了村民们乘凉时的"凳子"。黄村的大队院落很小，也容纳不了太多人，每次黄村开大会，便会借助这个地方。慢慢地，老槐树成了黄村的一个"地标"，只要离老槐树近的地方，村子里的人们都会提起是老槐树的某处。例如，"去老槐树那边买包食盐""去老槐树那边接一下学生"。

黄蛋、胖墩儿、芳芳、黄丽娟、黄康、木木，还有"二剑客"都出生在这个村子里。

在黄康的印象中，除了胖墩儿是他在离开黄村那段时间前就相识的，剩下的都是在他十岁多以后，又回到黄村才真正相识的。他们在黄村小学三年级的同一个班级。

老槐树向北两百米左右，就是黄村小学，村里的小孩子上学基本上都会从这棵老槐树经过。老槐树的躯干内部已经长空了，然而，老槐树的叶子却每年都很茂密。空心的树干，给人神秘感，每次黄康经过老槐树时，他就好奇地想看看老槐树里面到底什么样子。但是，恐惧最终战胜了他的好奇。不过，在村民们看来老槐树是神圣的，老槐树的年岁也不小了，一直生长茂密，至少有一百多年，就像一位老者，被村民们尊敬。

　　不过，也有特例。偶尔有一些无知的村民，也有学校里一些调皮的学生，为了炫耀自己的胆量而不去尊敬这棵老槐树。黄蛋和木木就是其中最典型的。他们总会在预备铃响之前的那段时间，爬上老槐树，因为那段时间路过老槐树去黄村小学的同学最多，在那个时候，是炫耀自己勇敢的最佳时刻。

　　黄村小学一半的围墙是用红砖砌筑的，另一半的围墙用土坯砌筑。黄蛋的奶奶是当时黄村小学的校长，她很早就想翻修一下土坯墙，却因为经费问题一直被搁置了。后来，就有很多学生为了走近路，都从土坯墙那儿跳进学校。土坯墙慢慢就变得破烂不堪。

　　黄村小学总共有三排砖瓦房、一间水房和一个学校门口的小房子。第一排的三间砖瓦房靠近那个水房，与后两排刚好错开，其中一间是所有老师的办公室，中间的则存放杂物，例如课本、作业本、扫地工具一类的物品，另外一间是学前班的教室。后面两排也都是教室，从一年级到六年级。黄康唯一不明白的是学校门口那间小房子的用处。黄康刚到学校的时候认为那个是门卫室，他曾在城市里见过有些工厂设这样的门卫室。可胖墩儿神秘地对他说："以前应该是想设门卫室，现在另有用处，你慢慢就知道了，我打包票，这个一定不是门卫室。"

后来，当黄康看到老师把两个在课堂上打架的高年级学生关进了"门卫室"，才明白这个真的不是门卫室，而是用来惩罚不听话的学生的。盖这间房子是黄蛋的爷爷黄国忠提的建议，黄国忠是一个老兵，行伍出身，他作为黄村村支书组织修建学校时，特意修建了一个小门卫室，本想为了保护学生的安全。可是，黄村小学的经费有限，没有钱来请一名保安。就这样，门卫室就被闲置起来。有时候，对于不听话的学生，老师就拿起教棍，可是，不听话的学生依然还不听话，直到有老师发现可以把不听话的学生关进这个小门卫室里面惩罚。这个措施实行了，得到了学生家长的一致同意，他们大多数人很支持。那些不听话的学生，被关在"小黑屋"里饿上一中午，就变得乖巧许多。在那个时候，很少有人会提出学生的人权，大家奉行的就是"严师出高徒""棍棒下出孝子"。

已经开学两个多月了，天气也已经渐冷，黄康与胖墩儿同桌也一个多月了。黄康作为插班生回到黄村小学，班主任已经安排好座位，胖墩儿学习成绩不好，被分到了最后一

　　　　　　　　一梦年少模样

排，一个人坐着两个位置，黄康来了，就坐在胖墩儿旁边。黄康在座位的抽屉里扒出来很多废纸和蜡烛头，黄村小学每天晚上都有晚自习，而黄村当时晚上总停电，每次停电过后，班级里的人就开始狂欢一会儿，然后老师维持秩序，同学们就把蜡烛拿出来，当全班都被烛光照亮后，班级才安静下来。每次停电，总有特殊的学生为了能跑出去玩一趟，就谎称没有带蜡烛，便能得到老师同意，跑到胖墩儿家的小卖部去买蜡烛。胖墩儿家开着黄村里唯一的一家小卖部。这是当时很多小伙伴们所羡慕的。里面虽然没有摆多少零食，但是在当时已经很丰富了：辣条、汽水、薯片等。后来越来越多的同学忘记带蜡烛，老师便想了一个办法，就是让胖墩儿把家里小卖部的蜡烛拿到学校来，谁要买蜡烛，直接找胖墩儿。很奇怪的是，自从胖墩儿把蜡烛带到学校，几乎就没有同学再找胖墩儿买蜡烛了，胖墩儿带到学校的一堆蜡烛，也没有带回家去。每天晚上晚自习，别的同学点一支蜡烛，他点两支或者三支。每次用到还剩四分之一就扔在抽屉里面。胖墩儿对黄康也从来不吝啬，黄康上晚自习的时候，每次都会借用到胖墩儿的烛光。

时间慢慢地过，黄康也慢慢习惯了在黄村的生活和学习。

自习课的时候，黄康隔着窗户看向校外那棵老槐树还正茂密的树枝和树叶。胖墩儿就给黄康讲他知道的关于老槐树的故事。老槐树在这个地方生长了几百年，虽然老槐树里面早已经长空了，可叶子依然茂密，树下放着很多废弃的石碾，盛夏时，很多黄村村民都会坐在石碾上纳凉。有人说这是一个有灵性的树，也有人说，长这么久，怕是要成精了。村中修路时，通往学校的这条路本来是直的，因为老槐树刚好在路中间，所以这条路不是笔直的。有一个很傻憨的人，村民们给他起外号"二百五"，这个人经不起怂恿，修路的时候，被别人怂恿了一下，就拿起斧头砍了下去，还未等他把树砍过一圈，就被老一辈人阻止住了。当天，砍树那个人的手就被机器伤到了。然后，就再没有村民敢去动这棵老槐树，这条路修的时候，专门避开了老槐树，成了一条弯曲的道路。

黄康静静地听着胖墩儿讲故事。他很羡慕胖墩儿，小小年纪的胖墩儿知道黄村的很多奇闻逸事。

二

又两个月过去，眼看天气就要入冬了。在一个寒冷的清晨，黄康吃过饭，便背着书包去学校，黄奶奶追着黄康，又加了一件衣服。

黄康觉得多穿一件衣服太笨重，在去学校的路上，他就把衣服脱掉了。

当他走近老槐树时，看到老槐树下聚集了很多人。大部分都是黄村小学的学生。

树下一片喧闹。

　　　　　　　　　一梦年少模样

有人指着树上突然大声喊道："你们快看，它还在动。"

黄康顺着那个人指的方向望去，被吓了一跳。一条碗口粗的蛇就盘在树枝上。黄康不自觉地向后退了很多步，他害怕蛇，从小就害怕，这也是人的一种本能。

他慢慢往后退着，发现胖墩儿也在最后面。胖墩儿拉住黄康问道："你也怕蛇吗？"

黄康点点头，回答道："我怕蛇。"

"我也怕蛇！"胖墩儿傻笑着说。

黄康很不自然地笑了一下。

胖墩儿知道关于村子的很多事，堪称黄村的"百事通"，唯一的缺点就是胆小。可能是胖墩儿作为独生子的原因，胖墩儿的妈妈胖婶对他的管教很严格，不让他与任何有危险的事沾边。在黄康的印象里，也可能是因为几年前荡秋千被摔断胳膊那件事，胖墩儿的胆子被吓怕了，他总是不自觉地躲避着很多危险。

胖墩儿补充道："人多的时候，我一点也不怕蛇，我现在担心的是，它会爬到我家里，爬到我的床上。"说完，胖墩儿表现出满脸的恐惧。黄康听着胖墩儿的描述，自己脑补出来那个恐怖的画面，全身也发麻起来。黄康也想象着蛇钻进被窝的画面，这个画面主要来自胖墩儿家的影碟机里面的一个电影《人蛇大战》，里面的蛇会在晚上悄悄爬进人类的被窝。

胖墩儿的家离这棵老槐树很近，大约一百米。这棵老槐树在路边，占据了通往村北头以及学校一半的道路。老槐树的西面是一片很平整的地，上面生长着几棵粗壮的桐树。从胖墩儿卧室后面的窗户能很清楚地看到老槐树周围的环境。胖墩儿正是害怕大蛇从他家后面的窗口爬进去。

黄康注视着老槐树，留心它随时可能出现的动静。他看到站在最前面的两个人不是别人，正是同班同学黄蛋和木木。黄蛋和木木两个人在那里指手画脚，一点没有害怕的意思。

"当当当……当当当……"

直到早上的预备铃的铃声响起，围在老槐树附近的学生才匆匆跑向学校。

黄康坐在窗户边上，上课时，黄康心不在焉，他的目光透过窗户的玻璃，不时向老槐树的方向张望。下课后，很多胆子大的同学跑到学校的墙边，爬上土坯墙，看着老槐树，老槐树上面那条大蛇，依然缠绕着树干一动不动。

中午放学，黄蛋是班里第一个跑出教室的人，他跑去看那条蛇。此时，老槐树周围聚集了许多好事的村民。他们在议论着："这么大的蛇，从来没有见过这么大的蛇啊！"

"对啊，我们这里是平原，这条蛇跟蟒蛇一样，我们这里不应该有蟒蛇。"

放学后，很多胆子小的学生都从小学北边绕过老槐树回家，其中大部分都是女同学。

本来黄康也打算绕开老槐树回家，然而胖墩儿家就在那

　　　　　　　　　　　　　　一梦年少模样

里，绕不开。胖墩因为害怕不敢自己走，他求黄康陪着他一起回家。黄康和胖墩儿走到老槐树旁，黄康心里既害怕又好奇，他注视着老槐树上的那条蛇，战战兢兢地从人群最外围走过去了。

一直到晚上，在老槐树上的那条蛇，仍然没有离开。这件事也让黄村村民们惶恐不安。

第二天气温骤降，黄康同班的很多同学都感冒了，有些人还发起高烧。黄康也不例外，他本来就身体弱，他躺在床上，没有起来。黄奶奶把他抱到了黄村里的医务室。医务室早已人满为患，嘈杂声不时传入黄康的耳朵里面。

"一定是老槐树上那条蛇作怪的！"有迷信的人坚定地说。

"找黄瞎子吧，让他把这条蛇赶走。"村民们达成了一致的意见。

黄康打完退烧针，到中午，他的体温降下来很多，整个人也精神起来。充满好奇的他听说黄瞎子要驱蛇，偷偷跑去了老槐树那里。当时，主持这项仪式的是黄蛋的爷爷黄国忠。为了不让学生迷信，村民们都把自家的学生或其他的小孩子赶走了，只剩下成年的村民们在。

黄康还没有走到老槐树跟前就被赶走了，被赶走的还有黄蛋和木木。黄蛋和木木看起来一点事也没有，他俩看到黄康独自一人，便叫住了黄康。

"三三，你想不想看看黄瞎子是怎么驱蛇的？"黄蛋问道。

"我害怕，但是我也想看。"黄康回答。

"那我们一起去胖墩儿家吧！"

　　黄康跟着黄蛋和木木一起去找胖墩儿。在黄康心里，黄蛋对自己一直也挺好，除了做一些荒唐的事。胖墩儿家有着全村唯一的一台彩色电视机，是胖婶去外地进货的时候带回来的，也买了影碟机，碟子里能放映很多的电影。胖婶也给胖墩儿买了一部学习机，刚好能与胖墩儿家的电视相连，胖墩儿偷偷买了很多游戏卡，一台学习机就变成了游戏机。黄蛋和木木便经常蹭到胖墩儿家里，一起玩游戏机。就在一个月前的周末下午，黄康当场见证了黄蛋的荒唐行为。他们正在打游戏，突然学习机就冒烟了，黄蛋就跑院子里拿了一盆水直接泼在学习机上面，幸好当时胖墩儿家的开关那里有保险器，直接切断了所有电源，不然后果不堪设想。泼了一盆水后，学习机还一直冒着黑烟，黄蛋出主意让胖墩儿找一块布盖上去，然后黄蛋带着木木和黄康匆匆逃离了胖墩儿的家，剩胖墩儿一个人坐在电视前发呆。出门时，黄康还能闻到一股烧焦的气味。第二天，黄康询问胖墩儿关于学习机坏的事情，胖墩儿叹息道："我也没什么事，就是受了点'皮肉之苦'。我妈让我给你们交代，下次出现火灾时，再不能浇水了。"

　　学习机坏后的一个月，黄蛋都不敢去胖墩儿家。这次，黄蛋和木木为了看驱蛇，才硬着头皮去胖墩儿家。

　　他们跑进了胖墩儿他家的小卖部。胖婶在门口坐着，一直注视着老槐树那边的动向。

　　　　　　　　　　　　　　　　　　一梦年少模样

黄蛋先开口了："胖婶，王涛在家吗?"

"在家呢。他昨晚一直咳嗽，刚吃过药还在床上躺着。你们去他屋里玩吧。"胖婶笑着欢迎。

胖墩儿的名字叫王涛，因为吃得胖，除了他自家人叫他的名字，外人都叫他胖墩儿，但是在他们家人面前还是叫胖墩儿的本名。有人说，胖墩儿吃得胖是因为家里开小卖部，里面有吃不完的零食，然后就胖了。其实等到上初中时生物老师会讲这是遗传学的事情，胖墩儿是遗传胖婶的基因。胖婶基本上从不避讳别人说自己儿子胖，或者说自己胖。

当别人说："胖墩儿吃得多胖!"

胖婶笑着回应："那是，家里生活条件好，才能把儿子养得白白胖胖。"

胖婶被别人叫胖婶的时候，她更开心。她很喜欢这个称号。那个时期，农村家庭刚能到温饱，每个人都崇尚胖，人们的富态才能显示出家里的富裕。

胖婶只对胖墩儿要求很严格，私下里，她也是一个很随和的人，与黄康的奶奶两个人的性格很相似，精明且能干，把自己的家庭打理得井然有序。

黄蛋他们几个人来自家玩，胖婶不仅没有提起学习机烧坏的事，并且还热情地欢迎他们。黄蛋打开胖墩儿卧室的门，径直冲向了胖墩儿的床上，扑了上去。胖墩儿被吓了一跳。

"你怎么也会感冒？三三本身就身体弱，他生病不奇怪。

你生病真奇怪！"黄蛋趴在胖墩身上嘲笑。

胖墩儿回答道："我也不知道怎么就感冒了。"

胖墩儿又反问："你们来我屋里是不是要看黄瞎子驱蛇？"

"对啊。"木木回答道。

"快起来，驱蛇要开始了。你卧室的窗户能看得很清楚。"黄蛋说着拉起胖墩。

他们一起把鞋子脱了，站在胖墩儿的床头上面，通过窗户向老槐树那里望去。

在老槐树下，放着一张高高的供桌，上面摆放着两盘水果和一盘煮熟且切成四方块的猪肉。

黄瞎子站在桌子前，点了三炷香，烧了一些纸钱，然后嘴里祷告着一些听不懂的话语。最后，黄瞎子从身上挎的包里拿出来了两瓶酒，先打开一瓶，在桌子前洒下了一条线，然后拿起拐杖，走到老槐树跟前，围着老槐树把酒洒了一圈。第一瓶酒倒光后，他拿出第二瓶酒倒了下去。

过了有半个小时，那条蛇开始慢慢沿着树干向下爬去。它最终爬下了老槐树，一直向北爬去。蛇芯子不时地从嘴里伸出来，它爬过了黄村小学的大门口，还在向北，直到周围的人再也看不到它的身影，沙土路上只留下一道蛇爬行的痕迹。

整个过程，黄蛋他们四个人已经从窗户那里看得入迷了。

一梦年少模样

三

黄瞎子驱蛇的事件过后，黄蛋就想着一定要拜黄瞎子为师。黄蛋还让黄康、胖墩儿和木木三人与他一起拜师。

经过商量后，黄蛋带头制定了秘密的协议：

一是不能让家里人知道；

二是胖墩儿偷偷去拿小卖部里的酒送给黄瞎子，作为拜师的礼品；

三是一定要学会驱蛇的本领。

第二天是周日。黄蛋带着木木早早地就跑去找黄康。

他们一起来到胖墩儿家门前。他们觉得自己的行为像是做贼，因为心虚，他们只敢待在胖墩儿家的正门前，胖墩儿家小卖部的那个地方也不敢去，因为胖婶会在小卖部里面。

他们在门口喊着胖墩儿的名字。胖墩儿便跑了出来，从外套里拿出来一瓶酒，匆忙塞进黄蛋的怀里。黄蛋急忙用自己的衣服把那瓶酒包好。

天气回暖一些，阳光便显得格外明媚，他们穿的外套脱下来也不觉得寒冷了。

酒拿到了，黄蛋他们一行四个人与黄瞎子没有任何交集，他们又找到芳芳，芳芳的家与黄瞎子的家只隔着一条小胡同，算是邻居。每次，芳芳被母亲骂的时候，黄瞎子必然是第一个站出来护着芳芳的邻居。有芳芳的引荐，很多事就好办多了。过了这么多年，黄瞎子依然守着那个三层楼的房子，还有后面破旧的院落。可能很久没有修缮了，这座三层楼的房子也变得破旧了很多。最上面第三层的窗口玻璃已经没有了，窗户的框架也快要掉下来了，楼顶的瓦片上长了许多杂草。

黄瞎子就坐在门前，晒着太阳。堂屋的门正对着街道，里面却很黑暗，一眼看向里面觉得有些恐怖，跟黄康看到自家的堂屋一样。黄瞎子的房屋没有偏房，只是单独的一栋楼，而院子在这座三层楼的后面。

黄蛋第一个来到黄瞎子跟前，犹豫了一下才开口："黄瞎子，我们要拜师……"

黄瞎子晒着太阳睡着了，黄蛋叫了他一声，还未等黄蛋说完，黄瞎子就已经睁开眼看向黄蛋他们这几个人。虽然村民们都称呼黄瞎子为"黄瞎子"，但是在晴朗的白天，黄瞎子能看清一些事物。况且视力不好的人，听力就会更灵敏。

"你们？你们是几个人？你们都是谁家的娃娃？"黄瞎子问道。

这时，芳芳偷偷地凑到黄蛋的耳朵旁说："不能直接叫他黄瞎子吧，按辈分应该叫他爷爷一类的称呼。"

"哦！"

黄蛋又开口了："爷爷，黄瞎子，我们四个人要拜师。我是黄国忠的孙子；这个是胖墩儿，胖婶的孩子；这个是三三，黄老头的孙子；还有这个是木木，黄土坡的孩子。"

　　　　　　　　　　　　　一梦年少模样

芳芳连忙纠正："不对，不对，应该叫黄瞎子爷爷。"

"哈哈……"黄瞎子大笑着。黄瞎子没有介意这些，他只是觉得这群娃娃太可爱了。

"你们想从我这里学什么?"

"学驱蛇术!"他们一起回答。

黄瞎子又问："昨天驱蛇的时候，你们是不是偷看了?"

黄蛋说："对，我们四个人偷偷看了你驱蛇的全过程。很厉害，很牛!"

"那行，我给你们说，驱蛇的原理很简单。你们看到我拿出来的那两瓶酒没?那两瓶是雄黄酒，驱蛇的酒。你们也能做得到。"

四个人沉默了一会儿，他们躲得远远的，开始商量。他们一致认为黄瞎子是在敷衍他们，驱蛇不会这么简单，黄瞎子驱蛇的时候还念了咒语，他们都看到了，也听到了。胖墩儿突然想起来黄瞎子会算命。

胖墩儿跑到黄瞎子面前说："那我们想跟你学算命的本领。"

"算命不行，算命会折寿的，也会折了后代的寿。你们不要学了。"

这也被拒绝以后，黄蛋拉着胖墩儿到墙角说："算了，这个黄瞎子不会教我们了。索性把酒给他吧，我们不拜师了。"

胖墩儿说："行，酒就送给他了。"

黄蛋就从衣服里把酒拿出来，塞到了黄瞎子的手里。黄瞎子握着酒瓶，坚决不收。可是黄蛋他们四人已经跑开了，黄瞎子想追也追不上了。

　　第二天是周一，早晨起来，黄康的感冒完全好了，身体也舒服了。他吃过早饭就背着书包去学校，进到班级后，还没有走到自己的座位，就看到芳芳在与黄蛋和胖墩儿交谈着，走近后，才听到芳芳讲的事情。

　　"黄瞎子爷爷说不要你们的酒。如果你们要拜师的话，他说他要教你们拉二胡。"芳芳说着就把手里的酒递到了胖墩儿手里。

　　黄瞎子要教他们二胡，黄蛋来了兴致，他觉得学习二胡的时候，可以偷学到黄瞎子的驱蛇本领。黄瞎子不要酒，胖墩儿也坚持不拿回去，他觉得这瓶酒是自己用身体的疼痛换来的物品。昨晚胖婶发现家里的小卖部少了一瓶酒，就问胖墩儿是不是偷拿了，胖墩儿坚持说不知道，后来被胖婶揍了一顿才承认。但是，胖墩儿就不说偷偷拿酒去做了什么。胖婶也没再追问。

　　芳芳接着说："你们去学拉二胡吧，每天早上，黄瞎子爷爷总会拉一会儿二胡，听着还不错。"

　　胖墩儿本来不想学的，但是听到芳芳说喜欢，他也要坚持去学。

　　胖墩儿从那时起就喜欢芳芳，黄康坐在胖墩儿旁边的时候就知道了，每次听课，胖墩儿总是心不在焉，不时地向前排芳芳的位置看一眼。在这个三年级班里，芳芳不仅是最漂亮的姑娘，而且是学习成绩最好的学生。不仅是胖墩儿，黄康还发现其他人也喜欢芳芳，例如黄蛋，还有村里的村民。芳芳比较早熟且礼貌懂事，村民们都喜欢这个女孩。

芳芳的家与黄瞎子的家只隔着一条小胡同。芳芳常常会听到黄瞎子在傍晚拉二胡的声音，声音里透着悲伤。芳芳听胖墩儿讲过黄瞎子的经历，心里充满了同情。

中午放学，依然是黄蛋带头，胖墩儿、木木、黄康、芳芳、黄丽娟一起去黄瞎子家。木木与黄丽娟只是凑热闹的，木木在学吹唢呐，黄丽娟对学二胡不感兴趣。芳芳很早就想学了，这次算是一个机会，于是就跟着黄蛋与胖墩儿直接拜师了。

黄瞎子家堂屋的大门敞开着，但窗户太小了，就算阳光照进去，里面的光线也昏暗。他们六个人一起走了进去。这是黄康第一次进入这栋房子。

他们进去后，黄瞎子就在堂屋里的木椅子上坐着。

芳芳对黄瞎子说："黄瞎子爷爷，我们都来了。"

黄瞎子直白地说："我真的不能教你们其他的本领，我想教你们拉二胡。你们都有谁想学？"

黄蛋说："我、胖墩儿、黄康，还有芳芳要跟你学拉二胡。"说完。黄蛋学着电视武侠剧里面的情景，要磕头拜师。还对胖墩儿和黄康大声喊："来，我们一起磕头拜师。"木木和黄丽娟就在一旁看着他们拜师。

黄瞎子听到要磕头，急忙从椅子上站了起来。他说："你们不用磕头，以后你们几个人不要叫我黄瞎子就行了。还有，你们如果按辈分叫我一声爷爷，我就满足了。"

　　黄蛋、胖墩儿、黄康和芳芳四个人都点着头答应了。

　　"你们成了我的徒弟。现在是中午放学，别让家里人着急，都回家吃饭吧。下午放学了，我就正式教你们拉二胡。"黄瞎子开心地说。

　　下午放学后，黄蛋他们四个人准时来了。

　　黄瞎子热情地接待他们，拿出来自己的二胡，递给他们，先让他们几个人认识一下二胡，第二天才开始教他们。当时，虽然他们几个人只是想先认个师父，然后就能开始偷偷学黄瞎子驱蛇的技艺。但是多年以后，他们才知道黄瞎子教给他们的不只是二胡，还有对生活的态度。

　　第二天下午放学后，黄蛋、芳芳、黄康和胖墩儿准时到了黄瞎子家那个老房子。昏暗的屋内，黄瞎子摸索出来他那把二胡。黄瞎子虽然一直被叫"瞎子"，却不是真的瞎。只是他那个夜盲症再加上受的几年苦，现在人老了，眼睛就更不好了。

　　当时，学习二胡、唢呐是村里人所不齿的行为，虽然是一门手艺。成绩不好的黄村小孩子们就学习这两样手艺，辍学成年以后也能混口饭吃，但也仅限于混口饭吃。而村子里大部分人都以自家孩子成绩好为荣，鼓励自家孩子好好学习，不会鼓励去学二胡、唢呐。每次，寒假和暑假放假的时候，黄村小学的学生去领成绩单，大部分的学生回家都会被家长打一顿。黄康记得，在他回到黄村的第一个寒假，他去领取成绩单，他的考试分数是班级的第二名，第一名是黄芳芳。黄村小学每个年级只有五个奖状，班级里面大多数同学都得不到奖状。

胖墩儿是个例外，胖墩儿学习不好，胖婶仍然逼着胖墩儿学习，胖墩儿的成绩却一直不好，胖婶只好心里默认胖墩儿只要能好好读完高中，其间能学个其他谋生的手艺就可以了。胖婶是一个很喜欢热闹的人，虽然胖墩儿家是黄村唯一的一家外姓人，但是胖婶在黄村里面人缘极好。每逢黄村有红白事，胖婶都会去帮忙。

胖婶最喜欢的就是那一帮吹唢呐的人，她有意让胖墩儿去跟着学，可是，心里又有些纠结。她既期望胖墩儿将来能考上一所大学，又想到胖墩儿的学习成绩一直很差。然而，胖墩儿这次学二胡，胖婶知道后，并没有去阻拦，胖墩儿可以光明正大地学二胡。这有可能就是胖墩儿将来的谋生道路。

当他们在黄瞎子那里学习二胡的时候，木木则在黄村一户人家里学习唢呐，这户人家把黄村里的红白事都承接了。就算是一户亲朋好友不多的人家，唢呐声也能把氛围衬托得特别热闹。

木木本来不愿学唢呐，其中有两个原因：第一，他觉得唢呐本身就是一种耻辱；第二，他觉得学唢呐在同学中间是一种耻辱。后来，木木被他的父亲强制带过去拜师学艺，木木的父亲还提着礼物，遵照古法，木木就真的磕头拜师了，他硬生生地磕了三个响头。拜过师后，每天晚上木木就去那户人家学习唢呐。木木不在意磕头拜师的事，他在意的只有他父亲拿着一堆礼物送过去给那户人家，在木木眼中，父亲手里提的一堆礼物，很多都是自己长这么大都没有吃过的东西。

虽然木木对学习唢呐有所抵触，但是因为那些礼物，木木没有放弃学习唢呐。每天晚上木木就会去学唢呐。黄蛋与木木关系最好，木木去学唢呐的时候，黄蛋也会去，他觉得木木一个人太孤独了，有时候也带着胖墩儿和黄康去陪木木。木木学唢呐的那户人家刚开始一段时间全心全意地教木木，度过那段时间那家人就完全对木木放任不管了。

木木便慢慢在门外吹唢呐，黄蛋也会拿着试一下，木木虽然学了大半年时间，却不如黄蛋。

黄蛋儿时起就展现了极高的音乐天赋，他学拉二胡的时候比另外三人要快很多。也有一个原因，黄瞎子很用心地教他们，黄瞎子已没有后代，他早就把黄蛋他们几个人当自己的孩子一样看待。

四、庙会

一

春节过后两个月，黄村的村民们对春节时的热闹渐渐淡忘，淡忘的还有大鱼大肉的味道。当杏花开始散发出香味，香味环绕村子，每个人的心中不约而同地念叨着黄村庙会即将到来。

从记事起，黄康一直以为每个地方的村庄都有庙会。直到后来，黄康认识了更多的人，去了更多的地方，他才知道每个地方都有独特的风俗习惯，并不是每个地方都会有庙会。而在他当时的认知里面，北镇所有的村子都有庙会，只是每个村子的庙会时间不同罢了。

黄村的庙会在清明节前后，万物复苏，黄村人在这段时间也最忙碌，他们要在清明节前把花生种到地下。

对黄康他们这群小伙伴们而言，黄村的庙会要比春节热闹得多。黄村的春节，虽然村子里的青壮年人群聚在一起杀猪的时候很热闹，但是在黄康看来，其实也并没有看上去那么热闹。每到年前那个时候，每户人家杀猪结束后，黄村的人就会闲下来，大街上，四五个闲人抽着烟躲在火堆旁，你一言我一语地谈论着。村中有一些妇女在家里独自煮肉，或者带着孩子看别人打牌。稍大点的孩子们就拿着零花钱买了鞭炮，在雪地上尽情燃放。一个热闹的春节，像是只有孩子们在参与，没有大人们的事情。过年的时候，黄康最喜欢看黄村人聚在一起杀猪，每次，黄蛋和木木都能领到一个猪的膀胱，打满气，做成气球拿来玩耍。过年比起胖墩儿讲的庙会，黄康更期待庙会。

黄康有问题就会问胖墩儿这个黄村的"百事通"。黄康也问胖墩儿这种庙会是怎么兴起来的。胖墩儿也支支吾吾答不上来，后来黄康问黄奶奶，黄奶奶也不知道。每个人都回答不上来黄康的问题，黄康才大胆地猜测，庙会的兴起，大概是人们又想吃肉了，找一个相聚的理由，那就是庙会。在以前那个物资匮乏的年代，能吃到肉是每个人最幸福的事。就算在黄康上小学的时候，也不是每天都能吃到肉的，黄奶奶每周都会去集市上买一些猪肉回来，给黄康改善伙食。黄蛋、胖墩儿他们两家跟自己家的情况差不多。但是木木家就不一样了，木木家算是黄村中最穷的一户人家。只有等到过年的时候木木家里才会去买一些猪肉回来，平日里，木木能吃到的肉，便是自己在小河里捉到的小鱼和泥鳅，除此之外，其他的就是每当黄村某户人家举办红白事时，他才放开

一梦年少模样

吃。他曾经学习唢呐，也有一部分原因就是他能到处吃到肉。

黄村有个土地庙，原来一直是在黄寨上面。前些年被黄村人请了下来，安放在黄村的西边。土地庙前面本来有一条小河，后来河流改道，就成了一个大水塘。曾经，黄康还不知道黄村庙会的时候，胖墩儿带黄康去过土地庙几次，他也跟着黄蛋去土地庙那里玩过。

水塘里长出来不知名的野草，黄康看着像野生的芦苇，他一把提起来一根。黄蛋说："这草能引水来。"

黄康停手了，他真的就相信这些野生的芦苇在这里长着，过不了多长时间，这里的水塘就能再注满水，黄康心里就开心。对水的亲近，可能是每个人都有的，黄康也不例外。

土地庙左边是一片空地，胖墩儿告诉黄康，空地是戏台专属的地方。以前戏台虽然也在土地庙周围，但是一直更换地方。后来村里人提议就留了这片空地作为戏台的专属位置。

黄康曾跟着黄蛋去过土地庙几次。前几次，土地庙都是锁着门，黄康趴在窗口向里面张望，里面的光线很暗，他只能看到一尊土地公公的雕塑。

黄奶奶有些迷信，她经常到庙里面祈祷，她所有的祈祷都是关于黄康的，祈祷黄康健康茁壮地长大，成长的路上少灾少难。土地庙门上的钥匙原本是黄瞎子管着，很多时候，黄瞎子就把土地庙门敞开着，平时总会有像黄奶奶这样的老年人来烧香祈祷。而庙会的时候，烧香祈祷的人特别多，就会有不少香火钱，便被人惦记上了。惦记着香火钱的人就是黄村的那个"二百五"，当初要砍掉老槐树的人就是他。黄康不经常见到他，他经常跟着包工头做些杂活，他的信仰很多，他自己也说不清信仰什么，他跟着黄瞎子信仰了一段道教，又去了北镇一个寺庙上做了一年的义工，现在又开始宣扬耶稣。

他惦记那些钱，还好不是给他自己用，而是给各种神明买了供品。当初"二百五"把老槐树砍了几斧头后，他的手就受伤了，再后来他又生了一场大病，然后就开始信各种神。到现在他自己挣的钱大多也用来买供品。

无论周末还是上课期间，黄村小学在黄村庙会的当天都会放假。

庙会的前三天，周围的各种小贩都聚集在黄村的街道上，从黄村主干道南边一直排到北边的老槐树下。庙会前都是卖水果、蔬菜、香料和各种肉类的小贩。

庙会总会伴随着戏台的搭设。每次庙会，黄国忠便组织黄村每家每户凑钱请来戏班子。戏台就在土地庙的旁边，这是用来祭祀的一种惯例。

庙会前一天，戏班子就已经来到黄村，在土地庙前搭设台子。这个时间，黄村小学刚好放假。黄蛋和木木便早早地冲到戏台周围。

　　　　　　　　　　　　一梦年少模样

胖墩儿要帮家里把小商品搬到戏台周围。每次黄康先帮胖墩儿搬东西，然后胖婶就会给胖墩儿一些零花钱，胖墩儿就带着黄康打台球。

打台球是当时庙会中最流行的娱乐方式。台球老板一般都是父子两个人，带着十几张台球桌就能做起生意来。五角钱就能打一局，黄康和胖墩儿都不怎么会打台球，他俩打一局一般是半个小时左右。而黄蛋和木木不一样，他们两个人打得比较好，但是时间却要一个小时。黄康曾疑惑为什么木木和黄蛋总能玩很长时间，直到有一次，黄康看到黄蛋和木木的打球方式，他才明白为什么他们能打那么长时间。

黄蛋每次打进去一个球，就给木木使一下眼色。木木心领神会地把那个球再拿出来，这些小动作都是在老板看不到的情况下做的。

二

庙会当天，黄村最为热闹，在外打工的人基本都会回来，每家每户的亲戚也都到来。戏班子在那天早上已经准备好，开戏前，黄村村民大多数都会到场。

早晨，黄奶奶把黄康从床上叫了起来。他们还要去街里面的集市上再买一些食材。其实，黄奶奶前几天买来的东西已经够用了，只是黄奶奶盼着亲戚多来一些。

黄康家的亲戚来得并不多，食物消耗也不多。黄康的父母不会回来，黄康的大姑全家在外省了，只有二姑家的人会来。黄奶奶心里想的是一家人很不容易才能趁着庙会聚在一起。

黄奶奶一只手提着小竹篮，另一只手拉着黄康。黄村的主干道被各种小贩围得水泄不通，不过中间的小道刚好够来往的顾客买东西。黄奶奶带着黄康逛完了整条街，也不知道自己前几天买的食物还缺少哪样。

黄奶奶问黄康："三三，你想吃什么？"

黄康摇摇头。前两天黄奶奶买的各种食材，他都尝了一遍。现在他心里一直想着村西边庙会的热闹，对挑选吃的没有任何兴趣。

黄奶奶来到一家水果摊位前。她准备买一些水果，一会儿就可以去土地庙祭拜一下。

他们在水果摊前遇到了黄瞎子，黄奶奶和黄瞎子闲聊起来。从土地被重新分配开始，黄老头和黄瞎子两家人就不再有恩怨了。

黄瞎子看到黄奶奶带着黄康，拿出来刚买的苹果，递给黄康。黄康没有接，他知道这是黄瞎子准备拿去供奉神明的供品。黄瞎子对黄奶奶说："你家的小少爷很懂事，长得也挺俊。"

黄奶奶回道："谢谢你夸奖了，我听说三三这段时间经常跑你那里，也让你费心了。"

"今年土地庙里的事情，你还会主持吗？"黄奶奶问道。

　　　　　　　　　　　　　　　一梦年少模样

"没有了，还是那个人把那里占了。"黄瞎子变得与世无争，也不愿提起"二百五"的名字。

"那个人把守着土地庙的庙门，去祭拜就要添香火钱，也太高了。如果不是他把钱又买成了供品，估计早晚要遭报应吧。"

黄瞎子笑了笑，说："人的命天注定，黄康的奶奶，你也不要生气，随他胡闹去吧。"

黄瞎子拿着水果就往土地庙的方向走去。

黄瞎子走后，黄奶奶在水果摊前挑选了一串香蕉，她也打算祭拜一下土地庙的神仙。黄康当初误食老鼠药后，黄奶奶就经常拜神，祈祷黄康能健康茁壮地长大，祈祷全家平安。庙会的意义对黄奶奶而言，最重要的还是祭拜神明，另一件事就是在土地庙里为黄康求来"压岁绳"。"压岁绳"在庙会里就算一种习俗，黄村的小孩子出生的时候，就会在庙会当天去土地庙里求一根五彩的绳子，保佑孩童。从自家带着铜钱，到土地庙后，系在"压岁绳"上面，同时系在上面的还有零花钱。零花钱的多少由每户人家的财力决定。

庙会前几天，胖墩儿就告诉了黄康这个"压岁绳"上零花钱的事。黄康今年十岁了，"压岁绳"上会系十个铜钱和一些零花钱。在庙会当天，黄康就期待着那些零花钱。

到了土地庙，守在庙门口的人就是"二百五"。每个要进庙里面的人都要交上香火钱，黄奶奶交过香火钱，就领到一根五彩的绳子。黄奶奶拉着黄康进入土地庙里，把香蕉和刚才领到的五彩绳子都放在供台上面，跪在土地神像前祈祷，黄康也跟着跪了下去。黄奶奶祈祷过后，拿出来自己准备好的十个铜钱和二十块钱系在五彩绳子上面。祈祷后，黄奶奶把五彩绳子戴在黄康脖子上面。

黄奶奶对黄康说："这上面的钱要等到明天才能花。"

黄康点点头，算是默认了。

黄康很听黄奶奶的话，不会像黄蛋和木木一样，带着五彩的"压岁绳"到庙会里面逛一圈，"压岁绳"上面就剩下几个铜钱了。

和黄康从土地庙出来，黄奶奶要回家准备丰盛的饭菜。黄康则可以自由地在庙会里玩耍了。分开前，黄奶奶还在不停地交代黄康要注意安全。

黄康带着五彩的"压岁绳"进入会场里面。他先去找了胖墩儿。胖墩儿很早就起来了，他跟着胖婶把小卖部的很多商品都搬到庙会里面。起早只是为了占一个较好的摊位，胖婶回家准备饭菜，胖墩儿留在自己家的摊位前售卖商品。黄康看到胖墩儿坐在摊位前打着哈欠，显然，胖墩儿早起后，现在是真的困了。黄康把"压岁绳"从衣服里面拿了出来，给胖墩儿看。胖墩儿很惊讶道："你奶奶给你系了二十块钱啊！"

在黄康童年的时候，二十块钱对于他们来说是一个不小的数目。胖墩儿把自己的"压岁绳"给黄康看，上面只有五块钱。胖墩儿叹息自己的钱太少了，而且还要看着自家的摊位。

胖墩儿家这个摊位刚好在戏台的正前方，一眼看向戏台，戏台前面已经坐满了观众，戏台前面的观众几乎没有年轻人，大多数都是老年人，因为年轻人喜欢流行歌曲，并不喜欢戏曲。戏台下，有黄村的老人，也有周围村子的老人，他们自备凳子，整齐地排列着。

黄蛋和木木两个人已经在庙会周围逛过一圈。他们两个人都拿着棉花糖，边吃边走，走到了胖墩儿家的摊位前。黄康注意到黄蛋手里托着一个鱼缸，里面有两条小金鱼。

黄康问："黄蛋，你的金鱼在哪儿弄到的？"

木木抢先回答道："我们套圈套来的。"

"十块钱三十个竹子圈。黄蛋把他'压岁绳'上的钱都买了圈子，才套到的。那个老板还送了一个鱼缸。"

黄康看着黄蛋手里的金鱼，非常喜欢。但是当他听木木说，黄蛋把"压岁绳"上面的钱全花光了，才套到这个鱼缸和金鱼时，他便放弃了。不过，黄康还是想看看别人是如何套圈的。

黄康又问木木："那里还有没有人在套圈了？"

木木说："怎么，你要去？那边有很多人在套圈，现在我就可以带你过去。"

木木要转身的时候，被黄蛋一把拽了回来。黄蛋说："我们现在还有事要做。"

黄蛋又对黄康和胖墩儿说："现在还没有开戏，我刚才和戏班子的老板商量过了，我们也能上台去表演节目。"

黄康和胖墩儿两人被震惊了。

上台表演节目，这对在这个乡村长大的孩子们来说就是天方夜谭。

但是，黄康和胖墩儿觉得这还是有意思的，他们两个人同意黄蛋的想法。

黄蛋去找黄瞎子借来二胡，木木去师傅家拿唢呐。胖墩儿和黄康在等着胖婶的到来。

待到胖婶来到自家摊位前面，黄蛋他们四个人就跑到戏台的后面，戏班子的老板就在那等着黄蛋。

他们到来后，戏班子老板便走到戏台上面讲道："各位乡亲父老们，大家好。今天是我们戏班子第一次为大家带来戏剧，多谢大家来捧场！今天也有一个特别的节目，我们黄村的几个小朋友要先表演节目。大家欢迎！"

戏台下的观众都很疑惑，以前也没有这样的节目。唯有胖婶很清楚是黄蛋他们四个人要上台表演节目。

戏台上的序幕拉开了，黄蛋拉着二胡最先出来，然后是木木吹着唢呐，胖墩儿和黄康也拉着二胡出来了。

胖墩儿和黄康的二胡是从戏班子里面借来的，他们两个人只是在滥竽充数。

他们四人站在舞台上面表演着节目。

胖婶站在自家摊位前使劲地鼓掌。而此时，黄国忠也在胖婶家的摊位前，当看到黄蛋带头在舞台上表演节目，他就

　　　　　　　　　　　一梦年少模样

气不打一处来。黄国忠觉得黄蛋不学好，偷学二胡，还在黄村的重要节日里这样胡来，就是在打他的脸。

胖婶劝黄国忠，不要在意他们小孩子的事，他们只是玩心大。黄国忠跺着脚说："什么闹着玩？不学无术，我现在就把黄云飞拉下来。"

他说完，就直奔舞台去了。

黄蛋还在舞台上聚精会神地表演着。黄国忠还未走到舞台，就呵斥舞台上面的黄蛋。黄蛋扔下手里的二胡，仓皇跳下舞台，向着人群中跑去。木木看到黄国忠追来，也跟着黄蛋一起跑，只剩下一个二胡和一个唢呐，胖墩儿和黄康帮黄蛋和木木收拾着残局。

他们这样一闹，迎来了戏台下面的人的哈哈大笑。

面对着舞台下的笑声，胖墩儿和黄康收拾好乐器，也默默地退到舞台后面。舞台后面，黄康看到戏子们已经化好装了。

黄康看着这群戏子把自己的脸涂满了彩色的粉。黄康第一次见到，被震撼到了。戏班子的老板看出来黄康的心思，便耐心地给黄康讲每个角色的含义："生"角是男性角色的统称，"旦"角是指戏曲中的女性形象，"丑"角是那些戏剧中滑稽的喜剧角色，"净"角是用来表现在性格气质上粗犷、奇伟、豪迈的人物。戏班子老板还特意指着一个大花脸的戏子对黄康解释，那种大花脸的人物就是"净"角，他饰演历史上著名的人物"包拯"。

三

　　台上的戏子们在努力地表演，台下的观众也看得聚精会神，他们早已忘记黄蛋他们四个人的闹剧。黄康的好奇心迫使他静静地在戏台后面看了一会儿，戏曲对他来说，还是有些乏味。看了一会儿，他便和胖墩儿一起离开了戏台。

　　黄康和胖墩儿去寻找黄蛋。黄蛋和木木已经逃脱黄国忠的"追捕"，此时此刻，他们两个人正在打台球，两个人邀请黄康和胖墩儿也玩一局。

　　黄康拿出来自己脖子上的"压岁绳"，说："我奶奶说今天不能把这些钱花掉。"

　　木木轻蔑地对黄康说："我和黄蛋早把这些钱花光了。"

　　黄蛋接着说："没事儿，三三。你花掉一部分，你奶奶察觉不到。等我打完这一局，就带你套圈，我给你也整几条金鱼回来。"

　　胖墩儿说："黄蛋，你这样就把三三给教坏了。"

　　胖墩儿又对黄康说："明天再花也行，反正庙会还有的，持续好几天。我的零花钱只有五块，我今天不能花钱，如果花掉，我妈一眼就能看出来，便会打我一顿。"

　　胖墩儿说完，撇了下嘴。大家都知道胖墩儿真的很听胖姐的话，胖墩儿因为不听话没少受皮肉之苦。黄康与胖墩儿不一样，虽然黄康没有经历胖墩儿那样的"皮肉之苦"，他也很听黄奶奶的话，但是当他听到黄蛋能帮自己赢回来几条金鱼时，还是心动了。还好，黄康的二十块钱是两张十块钱。等到黄蛋和木木打完一局，黄蛋扔下球杆的帅气，和昨天没有零花钱的时候，木木偷偷拿出来他们已经打进的球的情景，有着鲜明的对比。

黄蛋他们来到套圈的摊位前面。黄康把"压岁绳"上的一张十块钱解了下来，递给摊位老板，摊位老板递给黄康五十个圈子。

黄蛋拿走二十个，全都没有套中那个金鱼缸。黄康又给了黄蛋十个，黄蛋依旧没有套到。黄蛋又把剩下的二十个圈从黄康手里拿了过来。黄康、胖墩儿和木木三个人也很紧张，屏住呼吸，祈祷着黄蛋能用剩下的圈套中那个鱼缸。

最后，黄蛋还是失败了。五十个圈，他都没有套中鱼缸。

黄蛋自言自语地说："手气用光了，真是倒霉。"

然后，他对黄康说："不好意思，我套不到了。我把我那个鱼缸给你吧。"

黄蛋说完，就跑去胖墩儿家的摊位上，把自己的金鱼缸拿出来递给黄康。黄康却不要，在黄康心里，他明确地知道，第一，这是黄蛋自己得到的，黄蛋虽然仗义，自己也不能让他吃亏；第二，只要自己把鱼缸拿到家，黄奶奶一定就会知道自己把"压岁绳"上面的钱花掉了。

黄康拒绝了。后来，黄蛋允诺黄康，这个金鱼缸是他和黄康共同拥有的物品。

四、庙会

黄康就这样浪费了十块钱，黄蛋出主意，他拿出来一块钱，系在黄康的"压岁绳"上，不仔细看的话，上面还是二十块钱。

　　中午，他们都很沮丧，上午不但没有收获，还有很多失望。

　　黄康回到家中，黄奶奶已经备好了一桌子的饭菜。黄康的二姑已经在桌子前坐着等黄康回来。姑姑跟黄康打招呼，黄康心不在焉，他只是担心自己偷花钱，不要被黄奶奶发现。

　　不过，黄奶奶在吃饭的时候，还是发现了黄康并没有听她的话，已经把钱花了出去。

　　黄奶奶并没有批评黄康，而是在吃完午饭以后，偷偷塞给黄康十块钱，她说："三三，你要听话，这些钱给你花，'压岁绳'上面的钱今天不要再花了。"

　　下午的时候，黄康进入庙会，他带上奶奶又给的十块钱。他谨记黄奶奶的嘱咐，把"压岁绳"紧紧塞到衣服里面。

　　庙会还是正常进行着，因为下午村民们就不再忙碌，下午的庙会更加热闹一些。

　　第二天，他们就要开学了。不过，庙会还会持续三天，这也是胖墩儿告诉黄康的事情。庙会根据戏班子的时间来设定，戏班子上午一场、下午一场、晚上一场。虽然开学了，但是每当放学的时候，黄康依旧跟着黄蛋进入会场。

黄康回到黄村后，这是他真正意义上第一次参加黄村的庙会。他当初离开黄村，对庙会还没有任何印象。而这第一次参加黄村的庙会，也是他第一次接触戏曲，传统文化或许将慢慢消失，不论如何变更，总会有一部分留在少年们的骨子里面。

　　从黄康花掉那十块钱以后，他在庙会期间就很节省，待到庙会结束，他还剩余十多块钱。胖墩儿则大部分时间都在看自家的摊位，他没有花钱。只有黄蛋和木木不仅花掉了他们"压岁绳"上的钱，还在家长那里死皮赖脸地提前预支了零花钱。

五、铃铛小英雄

一

庙会结束后，黄村的一切又都回归了往日的平静。平日里，黄村小学课间还是会吵吵闹闹，然而，上课后就会恢复平静。在这平静里面，黄康偶尔能听到几声犬吠，还能听到几声公鸡的打鸣声。黄康就在这个时候才知道公鸡不只是在清晨打鸣，与书本上讲述的公鸡打鸣的时间根本不一样，公鸡一天中很多时候都会打鸣，只不过清晨打鸣更频繁。剩下的就是各种鸟鸣。在万物复苏的时候，一切事物都焕然一新。

"当当当……"每次学校的铃铛响起来，黄康就会紧张，心脏就紧张得"扑通、扑通"地跳着。可能每个学生听到铃铛的响声，身体都会本能地紧张。

这是铃铛发出的清脆响声，已经成为黄村小学每位同学的条件反射，尤其对于黄康来说。每次打铃都由一名教师负责。每次上课与下课时的铃声次数并不相同，不相同的铃声代表着预备铃、上课铃、下课铃和放学铃。

黄村小学这个铃铛是从黄寨上面摘下来的。上面本来有两个，摘了东北角的那一个，上面还剩下一个，就在寨子的西南角。

黄康很想趁着课间去敲几下铃铛，但是他不敢，这样做就是在扰乱正常的教学秩序，会被惩罚。他见过几个高年级的学生在课间时跑去敲打了铃铛，然后被老师逮到，批评了一顿，通知了家长后，就被关在学校门口的"小黑屋"里面受罚了一个中午。

其实黄康并不怕被奶奶知道，因为黄奶奶从来不会批评他，只会护着他。但是他不想被关在学校门口那个"小黑屋"里面。中午放学，同学们都回家了，自己被关在里面很丢脸。他不能像黄蛋一样厚着脸皮在学校捣乱，他更怕学校里的老师把他关进"小黑屋"里面。然而，黄蛋是"小黑屋"的常客，黄蛋却不会害怕，学校的校长就是他奶奶，就算被逮到了，他也不会被老师批评，只会被自己的奶奶批评教育一下，最坏的情况就是他在"小黑屋"里面关上一个中午。有些时候，不论是黄蛋在学校不听话，还是黄蛋在家里胡闹，黄国忠都会把他关进"小黑屋"。后来，在黄蛋心中，他认为被关在学校门口的"小黑屋"是一种荣耀，显得自己特立独行。

终于有一次，周末的时候，黄村小学放假，黄蛋带着黄康、胖墩儿和木木偷偷跳进了学校里面。黄村小学的西面都是土墙，上面有很多攀爬留下的豁口。这些豁口证明已经有很多人偷偷翻墙进了学校，黄蛋、胖墩儿、木木他们三个人不是第一次。每次，黄蛋偷偷跳进黄村小学，他做的第一件事就是拿着奶奶的钥匙溜进教室，然后把讲桌上面的教棍扔掉。黄蛋和木木从来不写作业，老师就拿教棍打他们两个人的屁股。黄康也知道那种感觉，有次，他背不出来课文，就被老师打了一下，打上那一刻并不疼，过几秒后，被打的地方就会又热又疼，回到座位后，不敢使劲坐下去，只能侧着屁股坐着。所以，平时，黄康也就不敢犯错。今天是黄康第一次偷偷翻墙进学校，他既激动又很害怕。

跳进校园内。黄蛋问："我今天没有拿到学校的钥匙，我们做点其他什么事呢?"

胖墩儿回答："让三三说吧，他今天第一次翻墙进学校。"

黄康心里想了想，说："我想敲打一下那个铃铛!"

"好，我们这就去敲铃铛去!"黄蛋说。

黄康先敲了起来了。他第一次敲三下。第二次敲了五下。第一次的三下特别急促，这是上课的铃声。第二次的五下比较缓慢，这是下课的铃声。

黄康敲完了。内心的喜悦不由得浮现在脸上。

其实，这样敲打铃铛的声音特别响亮，尤其在安静而偏远的乡村。

铃声响了，声音传得很远。黄村里面的大多数人都能听

　　　　　　　　　　　　　一梦年少模样

得到。五年级的一个语文老师黄远，他家就在学校旁边，他听到铃声，就急忙从家里出来跑去学校，现在是周末，学校没有上课，他知道又有人偷偷溜进了黄村小学。

"你们在干吗？快出来！"黄远站在校门口呵斥着黄蛋他们四个人。

他一眼就认出来黄蛋了，校长的孙子，也是学校最典型的一个人物之一。

听到学校门口有人在呵斥他们，黄蛋大喊一声："快跑！别被抓住了！"

他们很有默契地转身向学校后面的土墙跑去，翻过土墙就没有证据了。

黄远在学校门口大喊着："黄云飞，你别跑，我就认得你，你再不停下，我就让你爷爷奶奶收拾你。"

虽然黄蛋不怎么害怕自己的奶奶，但是他害怕他的爷爷黄国忠。然而他嘴上却不能输，他一边跑一边大声说："你去说吧，我不怕。"

然后，黄蛋又补充了一句，声音却小了许多："大不了，再被关进'小黑屋'。"这句话好像是他自言自语说的，又好像只是对胖墩儿、黄康和木木三个人说的。

他们四个人翻过学校的围墙，绕了一圈，朝着土冈方向跑去。

木木最先发话："只有三三自己敲了铃铛，我们三个人还没有敲呢，到时候事发了，我们三个人也要跟着三三一起挨罚。我们一会儿再回去敲吧。"

胖墩儿说："何必回去，土冈那个寨子上不是还有一个吗？我们去那里！"

黄蛋问黄康："三三，你敲铃铛过瘾了没有？"

黄康说："没有。"

"走，听胖墩儿的，我们去敲寨子上那个铃铛吧。"黄蛋说。

这么多年来，土冈还在，也已经被村民们走出一条弯曲的小路。这条小路刚好在寨子最南边。从那里路过时，会看到那个破旧的岗楼，而里面的铃铛比较小，在岗楼里面并不明显。

他们四个人沿着那条弯曲的小路爬上了土冈的寨子。

胖墩儿特别自豪地对黄康说："看吧，这就是我们的秘密基地。这个铃铛是我们的专属物品。"

一般情况下，黄村的村民们很少来这个地方。黄康记住了这个地方，这个"秘密基地"。从黄蛋开始，胖墩儿、木木，再到黄康，每个人都使劲地敲打着土冈岗楼里面的铃铛。他们也在比赛，比着哪个人敲出来的铃声更响亮。敲得声音最响亮的那个人就是力量最大的人。

清脆的铃声传了很远。黄康心里想，这里的铃声能不能传到奶奶家？奶奶会不会听到自己敲打铃铛的声音呢？

黄康说："我要把这个秘密基地告诉奶奶。"

黄蛋却立刻制止了。

　　　　　　　　　　　　　　　　一梦年少模样

黄蛋说："秘密基地只能我们知道。不能告诉大人们。"

黄康不情愿地点点头。但是，他心里也没那么难过，他知道了这个秘密基地，也说明黄蛋和木木已经接纳了他。

黄康在心里把这个秘密基地藏着，永远不说出来。

二

从黄康知道了这个秘密基地，几乎每次周末，他们都会抽出来一部分时间去爬土冈，然后站在岗楼里敲几下铃铛，听着清脆的铃声传到很遥远的地方。

就这样过了半年的时间，黄康他们都已经升入四年级了。那年的大蒜特别便宜，黄康记得特别清楚。黄奶奶把家里堂屋和偏房的墙上挂满了大蒜，黄康喜欢看着这些挂着的大蒜，他觉得这些很好看，因为这些大蒜编织在一起，和电视剧里面将要出嫁的姑娘的辫子一样。虽然黄康喜欢坐在院子中间看着这些像辫子一样的大蒜，但是他却不喜欢吃大蒜。每次，黄康把大蒜吃到嘴里，大蒜的辛辣总会让他的腮帮子特别疼。那一年，这些辛辣味深深地印刻在黄康的脑海里面。黄康清晰地记得，那一年，钢铁的价格涨得飞快。

这段时间，黄蛋和木木就到处搜索废品去北镇上的废品站卖，每当铁的价格又提升了，黄蛋和木木两个人就更忙碌一些。他们两个人这么积极的原因是，两个人在黄村庙会期间，提前预支了零花钱。他们把卖废品来的钱一部分用来买胖墩儿他家小卖部的零食了，另一部分在去北镇上赶集的时候花掉了。平日里，虽然黄蛋还能到黄国忠那里要一些零花钱回来，但是木木却再不能从家里要到钱了，他家确实很贫困。为了能让木木也有钱花，黄蛋就带着木木在黄村里面四处倒腾，寻找废铁。有时候是一个烂了口子的铁锅，有时候是报废的铁丝网，等等。然后黄蛋借来胖墩儿家的那辆三轮车，拉着一堆废铁到北镇上的废品站去卖。因为他们要去胖墩儿家的小卖部消费，胖墩儿理所应当地去帮忙。黄康也会被召过去，有时候他们还会叫上芳芳和黄丽娟一起去。

卖废铁挣来的钱买来的零食，黄蛋会分给这几个人吃。黄康偶尔会吃一点，因为他以前误食了老鼠药，所以黄奶奶监督着黄康，不允许他吃零食。在黄康心中，只有吃一点，才能显示出自己并不是异类。

黄康去帮忙不是为了零食吃，他的零花钱基本上都够，也不买零食。他就是希望黄蛋能早日忙完寻找废铁的事情，带他继续跑去秘密基地，敲响那里的铃铛。这段时间，黄蛋和木木都在忙着到处找废铁。他们都没有再去土冈上岗楼那个秘密基地了。那里的铃铛，黄康很久没有敲过了。黄康在心里盼望着黄蛋和木木把废铁都卖光了，还能带他去那个"秘密基地"。

这一天，黄蛋又把他们召集在一起。这次他和木木准备干一票大的，然后就不再倒腾废铁了，理由很简单，他们跑遍黄村实在找不到废铁了。他们两个人这次把目标定为村旁

　　　　　　　　　　　　　一梦年少模样

废弃的水井房，他们两个人把里面的废铁"洗劫一空"，其中包括一个破旧抽水泵。

这次废铁得有个四十几斤。黄蛋和木木两个人搬不完，他们就把所有能用到的人都聚在一起，更免不了借胖墩儿家的三轮车。

胖墩儿听说黄蛋和木木把水井房里面都"洗劫"了，坚决不同意动用自家的三轮车。因为他怕村里人知道了，会传到胖婶的耳朵里，他很怕被胖婶打骂一顿。除黄蛋和木木外，其他的人也害怕了。最后还是得靠黄蛋的一通演讲。黄蛋很有号召力，并保证不会出事，就算出了事他也自己兜着，其他的人才同意帮助黄蛋和木木。其他人都知道黄蛋的爷爷是黄村的村支书，就算最后出了意外，黄蛋是第一个跑不了的人。

他们把废铁装进三轮车。胖墩儿骑着三轮车，黄蛋、木木、黄康、芳芳和黄丽娟坐在后面。

黄村隶属北镇，离北镇五公里左右，他们很快就到了北镇。废品站在北镇最西边街道的旁边，与集会相邻。

每个农历月份中尾数"三六九"的日子，这里都会有集会，很是热闹。集会时，各种小商小贩就把北镇的街道占得满满当当。今天，便是北镇集会的日子。

收废品的老板个子不高，皮肤黝黑，眼睛炯炯有神，第一眼看过去，就让人觉得他特别精明。

这段时间，黄蛋经常来卖废品，黄蛋与这个废品站的老板便混熟了。黄蛋他们刚踏进废品站的门口，收废品的那个老板就和黄蛋打起了招呼。

"黄蛋，这次你找来了多少废铁来卖？"收废品的老板非常开心地问。

"报废的抽水泵，还有其他废铁，有四十几斤吧。"黄蛋随口一答。

黄蛋不喜欢这个精明的老板。每次他和木木来卖废铁，都会被老板挑毛病："不是好铁""秤上不会亏待你们"。黄蛋在心里憋着自己的不满：本来就是废铁，怎么可能就是好铁？秤每次也要压价。

北镇上只有他一家废品站，黄蛋和木木也只能吃哑巴亏。曾经，也有一个收废品的老爷爷，他总赶着一辆马车，在北镇所有的村庄逛，他收废品的原则就是以物换物。废铁、废报纸换来的是针线、锅和盆一类的物品。黄蛋和木木曾卖了几次，那个老爷爷给他们的是钱，并不是和村民的那些以物换物。每次，钱数抹零时，他总会让给黄蛋几角钱。有一次，木木却在废铁中放了几块砖头。黄康和胖墩儿作为旁观者，他们看不过，却又不能得罪木木，只是给黄蛋说了，黄蛋大骂了木木一顿。他们四个人就一直等着那个老爷爷再来，把钱还回去。可是，他们等了很久，那个收废品的老爷爷再也没有出现过，胖墩儿去打听，听北镇的人说，那个收废品的老爷爷生病了，不再去收废品了。那个收废品的老爷爷不再收废品了，北镇只剩下一个收废品的人，一家独大。

黄蛋与胖墩儿的力气最大，他俩把那个破旧的抽水泵搬到秤上面，剩下的人力气小，慢慢搬小块的废铁。

称过了的废铁，他们便按照老板的吩咐，按顺序扔进仓库里面。

黄康拿着一块废铁扔向仓库里面，刚好砸在另一块铁上，"当"的一声很清脆，黄康听着像学校里铃铛的声音。他好奇地上前查看，扒开后，他看到是一个铃铛，跟黄村小学里和寨子上那个铃铛一模一样。黄康急忙跑去告诉了胖墩儿，胖墩儿给黄康使了使眼色，不让黄康声张。原来黄蛋和胖墩儿早就发现了这个铃铛。

收废品的老板把账算好并付了钱给黄蛋。黄蛋与往常一样数了数钱，他数钱时，目光不时地瞥铃铛，收废品的老板丝毫没有发现黄蛋的这个细节。

当时，黄蛋和胖墩儿还不能确定这个铃铛是不是属于黄村。他们出了废品站的大门，已经没有心情再去北镇的集市上买好吃的了。他们要去调查这个铃铛。

他们骑着三轮车返回黄村，第一站到黄村小学，在校门口就能看到铃铛还在。然后，他们又转向黄村的寨子上，看看他们那个秘密基地的铃铛是不是也在。

到了寨子下面。三轮车走不过去，黄蛋带着木木爬了上去，黄康和剩下的人待在三轮车旁，等待着黄蛋的消息。

过了一会儿，木木在寨子顶上大声喊："铃铛没有了！"

黄康心里难受了起来，他看到胖墩儿的表情也变了，芳芳和黄丽娟也沉默了。在黄村人心里，这个铃铛就是一种象征。同时，它在黄康他们几个人心中更特别。

很快，黄蛋和木木从寨子上跑了下来。黄蛋表情很愤怒，胖墩儿问："我们现在怎么办？"黄蛋静静思考了一会儿，然后斩钉截铁地说："走！我们去废品站把铃铛抢回来。"

黄丽娟插了一句："我们要不要去告诉村里人？"

黄蛋不愿意告诉村里人，他怕大家知道他和木木偷了水井房里废弃的抽水泵，那是黄村的公共财产。他只想偷偷拿回铃铛，再把铃铛装到岗楼里面。

三

他们一行人骑着三轮车又返回了废品站。收废品的老板有些吃惊，问黄蛋："又拿来多少废铁？"

"没有。"黄蛋直接回答。

黄蛋接着说："我卖给你的其中一样废铁，我要拿回去。"

废品站的老板回答："那行，你去拿吧，称一下重量，按原来的价格给你。"

黄蛋拿出来那个铃铛，收废品的老板笑着说："这个不是你卖的哦。"

黄蛋说："我就要这个，多少钱？"

收废品的老板说:"这个不是你卖的,如果你要买,就得出双倍的价格。"

黄蛋说:"好,我们来称一下吧。"

虽然黄蛋嘴上答应了,但是他心里一点也不愿意,他既不想花钱买回来,更不愿花双倍的价格。就在此时,有另外的人来卖废品,收废品的老板赶忙去招呼。一瞬间,黄蛋提起来铃铛就跑了出去,其他的人也心领神会,也跟着往废品站门外跑去。废品站的老板这时候着急了,他急忙追了出去,还没有等胖墩儿骑着三轮车走太远,他们就被废品站的老板拦了下来。

废品站老板的脸色顿时凝重起来,已经没有原来他们卖废品时那个友好的样子了。废品站的老板也没有想到,本来想敲诈一下这群小孩子,没想到他们竟然明目张胆地把铃铛抢走了。

他大声呵斥着黄蛋他们:"你们敢在我这里抢东西,我要把你们送进派出所。"

除了黄蛋,其余的人都不敢回话。黄蛋大声地质问收废品的老板:"这个铃铛是我们黄村的东西,你从哪儿弄来的?你是小偷吧?"

收废品的老板顿时愣住了,他也心虚起来。他知道自己收的铃铛来路不明。双方就这样在街边僵持着。赶集会的路人都围着看热闹。黄村小学的老师黄远刚好从那里经过,他发现在这一群人中间的是自己的学生。他在旁边大致了解了其中的情况，然后挤进人群里面，对收废品的老板说："我是他们的老师，这件事，我来和你解决吧。"

"这个铃铛本来就是我们黄村的东西，虽然不知道你从谁的手里收来的，但是我知道那个来卖铃铛的人一定是偷来的。"黄远接着说。

这个时候，黄村其他赶集的人也挤在了旁边。他们对收废品的老板说："既然你要报警，我们就去报警，我们非要查出来那个偷铃铛的人，你这买来的铃铛也算是赃物吧！"

黄远转身安抚大家的情绪，毕竟他是一名教师，通达明理，他觉得大家都是同乡的人，不该为了一件小事撕破脸面。他拿出了钱按原来的价格把铃铛赎了回来。然后，他把铃铛递给黄蛋他们几个人。黄蛋很不情愿地接过了铃铛，他知道他偷废弃水泵的事情也会暴露。

铃铛被黄蛋他们一行人带了回去，他们直接到了寨子下面。往寨子上面爬的时候，每个人轮流抱着铃铛走一段路程，直到进了寨子上的那个钟楼里面。胖墩儿把木木托起来，黄蛋用绳子把铃铛系好，然后把绳子的另一端递给木木，木木把绳子穿过钟楼的横梁，黄康、芳芳与黄丽娟拽着从横梁落下的绳子一端，这样刚好给木木留出空闲的手。木木再拿出来小段绳子，从横梁的环子上穿过，也穿过铃铛，刚好把铃铛固定住。

终于忙完了。

"我们都敲几下吧，这个铃铛又属于我们黄村了。"黄蛋骄傲地说。

每个人都敲打了几下，声音从寨子上传向寨子下的黄村，又回荡过来，他们一群人站在钟楼下面，静静地听着回声，过了很久，回声才消散。

四

铃铛的事情解决了。黄蛋已猜测出黄国忠正在家里等着他。果不其然，铃铛被盗的事以及黄蛋和木木偷了村头水井房里水泵的事，他的爷爷黄国忠全都知道了，作为黄村的村支书，这些事情自然逃不过他的耳朵。

"黄云飞，今天干吗去了？"

黄蛋刚进家门，黄国忠就开始询问他。黄蛋不回答，径直走向厨房找吃的。黄国忠也跟了进去，他看着黄蛋狼吞虎咽地吃着东西，没有再追问下去。稍等片刻，黄国忠默默地从厨房走了出去。黄蛋察觉到他的爷爷出了厨房的门，此时，他心里犯起了嘀咕，这次破天荒地他没有被骂。他没有再去细想，反正他觉得这些事都无所谓。

下午，村里的例会照常进行。会议到了最后，黄国忠通报了"铃铛事件"，他表扬了黄蛋这群人保护黄村公共财产的行为，也对黄蛋和木木偷拿水井房里东西的行为进行了通报批评。最后村民一致同意"功过相抵"。

第二天是周一，黄村小学早上七点升国旗的时候，黄远作为副校长发言，他也表扬了黄蛋、胖墩儿、黄康等一群同学，当然黄远则避重就轻，他对黄蛋的态度也完全改变。他说："我们全体师生应该向他们学习。"

他们几个人站在国旗下，国旗下的其他同学都向他们投来羡慕的目光，现场爆发起热烈的掌声。

"铃铛事件"以后，他们几个人也没有想到，他们被黄村的村民称为"铃铛小英雄"了。

六、牧羊少年

一

又一年的夏末，黄村东边的土冈上还是非常热闹，草长莺飞，鸟语花香。

这个时节，很多村民就会趁着农闲时间到土冈上面的荒地里放羊。黄康的家里只有黄奶奶一个人干活，家务活与农活忙不过来，一只羊也没有养。黄康看到芳芳经常到土冈放羊，他也想养一只羊，就对黄奶奶说："奶奶，今年我们家也养一只羊吧。我想下午放学写完作业后和芳芳一起去放羊。"

黄奶奶慈祥地笑着说："养，过完这段时间，我们家就买一只回来。"

黄奶奶很疼爱黄康，黄康每次提出的要求，黄奶奶都会答应他。

每当下午放学后，黄蛋都会带着木木跑去村子周围的杏林，摘些还没有成熟的青杏子，又或去黄瞎子那里拉二胡。而胖墩儿和黄康去芳芳家里写作业，黄丽娟也经常在芳芳家。芳芳是班级里面学习成绩最好的人，他们遇到不会的题目，就拿芳芳的作业本抄一下。虽然"铃铛事件"以后，黄蛋收敛了很多，然而他贪玩的特性从来没有变。第一，黄蛋不喜欢写作业；第二，黄蛋和木木以前也经常去芳芳家，但是他们厌恶芳芳的妈妈，芳芳的妈妈就是村里人常说的"势利眼"。她看到黄蛋、黄康和胖墩儿时，眼中就透露出欢喜。而她看到木木来家里的时候，言语中处处透露出嫌弃。其实原因很简单，黄蛋、胖墩儿和黄康他们的家庭在村子里都比较富裕，而木木家很穷。有几次，芳芳的妈妈又奚落木木，黄蛋生气了，以后的日子他和木木便再也不去芳芳家了。

不过，芳芳去土冈上放羊的时候，黄蛋也总去凑热闹。芳芳每次做完作业就被她妈妈要求去放羊，她也总是带着弟弟一起去。这样，芳芳就等于做了家里的两件事情，既带了弟弟又放了家里的羊。芳芳的弟弟很不听话，有好几次，芳芳刚写完的作业本，就被芳芳的弟弟撕成两半。芳芳的妈妈不会批评芳芳的弟弟，反倒批评芳芳。芳芳的妈妈经常说："女孩子不用那么努力读书，早晚都是要嫁人的。"每当芳芳的弟弟把芳芳的作业本撕两半的时候，芳芳就变得沉默起来，在一个无人的角落，自己偷偷抹眼泪。芳芳的妈妈骂芳芳的时候，胖墩儿和黄康很想帮芳芳出气，但是他们害怕芳芳的妈妈。他们唯一能做的就是帮着芳芳放羊，帮助芳芳减

　　　　　　　　　　　　　一梦年少模样

负担。每次放羊的时候，黄丽娟带着芳芳的弟弟，芳芳就牵着一只领头羊，后面成群的羊就会跟在芳芳的后面。有时，会有个别的羊跑到了红薯地里，胖墩儿和黄康去赶一下。胖墩儿家就养了一只羊，胖婶平日去地的时候带一些草就够那一只羊吃了，黄康的家里没有养羊，胖墩儿和黄康就帮芳芳赶羊。黄蛋去的时候，也会帮忙赶羊，而木木的家里也养了很多羊，木木的父母让木木去放羊，他从来不会去放，但他听黄蛋的话，每次都是黄蛋要求，木木才会去牵出来自家的羊群到土冈上与芳芳他们会合。

芳芳的妈妈对芳芳不好，黄村人都心知肚明。在一些小事上面体现得淋漓尽致，比如，芳芳每次都穿旧衣服，那些都是她姐姐穿剩下的衣服，虽说黄康他们小时候，家里都不富裕，但至少每年家里都会给他们买几件新衣服。黄蛋心疼芳芳的遭遇，算着时间，当芳芳做完作业，要去放羊的时候，他带着摘来的还没有成熟的杏子给芳芳他们几个人吃。未成熟的杏子是青色的，与没有成熟的小麦的颜色一致，不仅不甜，而且还带着酸涩味。但即使这样的杏子，每个人也吃得津津有味。

土冈东边的沙土地里面，红薯有些已经长得很大了。黄蛋就去刨出来十几个红薯，挖一个小坑。胖墩儿带着黄康去捡干柴，他们捡干柴回来，黄蛋和木木就已经把烧红薯的坑挖好了，黄蛋在挖好的小坑里将干柴支撑好，随手抓一把身旁的干草，当作火引子。火烧得很旺，土坑周围的泥土也被烧热，黄蛋就把红薯扔进土坑里，扔进土坑的同时，便能闻到红薯散发出来的轻微的甜香。

烤熟红薯的时间很漫长，在野外烤熟红薯，一般情况下，不是用火烤熟的，而是利用火烧过土坑周围泥土的余热把红薯烤熟的。烤红薯也是黄蛋少年时最拿手的绝活之一，他能凭着经验很好地控制火候，他经常在这片红薯地偷一些红薯，拿出来烤，现在已经很熟练了。待到土坑周围的泥土完全烧热，用泥土埋好，就只等红薯慢慢烤熟。

黄蛋转身对芳芳说："你太瘦了，我给你捉一只野兔烤熟来吃吧。"

芳芳笑着问："野兔跑那么快，你怎么能捉到呢?"

"能捉到，我们几个人一起去。"黄蛋说着就带着木木、胖墩儿和黄康奔向那一望无际的红薯地里。

黄蛋他们在红薯田里逛了一大圈，也没有捉到野兔，唯有看见了几只野鸡突然腾空飞起。他们去追野鸡，追了很久，没有追到，他们四个人便跑不动了，蹲在一个土丘旁喘气。就在此时，一只田鼠从他们身边爬过，黄蛋一脚踩住了它，拿起手中的木棍把老鼠打晕了。然后，他拿起这只田鼠就往回走。

黄康问："我们不是要捉野兔吗? 就拿一只老鼠回去啊。"

黄蛋坏笑着说："'贼不走空'，捉不到野兔，捉一只老鼠也行，反正都是肉。"

四个人大笑着往回走去。

回到芳芳旁边，黄蛋就把他捉到的田鼠拿出来给芳芳看，芳芳吓了一跳，而旁边的黄丽娟淡定很多，她看到了，大声呵斥着黄蛋："这是老鼠，怎么吃啊？"

"烤熟了就能吃了。"黄蛋坏笑道。

他又反问黄丽娟："你没有见过电视上面的人吗？就有吃老鼠的人啊。"

黄丽娟一脸嫌弃地躲开了。

黄蛋却一脸认真地从自己口袋里面拿出来铅笔刀，他把田鼠开膛刨肚，然后整理没有用完的干柴，点燃火，烤着他自认为好吃的鼠肉。

过了一会儿，鼠肉烤熟了。黄蛋撕下来一小块，放进自己嘴里尝了尝，虽然没有放任何调料，但是他自己觉得还不错。他拿给芳芳吃，芳芳摇头，拒绝吃。他又让其他人尝，其他人也拒绝尝。最后，木木为了保住黄蛋的面子，尝了一块，木木说没有味道，好像还没有烤熟。黄蛋的笑容开始凝固，他说："第一次做就这样，不要在意细节。"

为了不尴尬冷场，很快，黄蛋就转移了话题。

他说："我们的红薯应该熟了。"

他扒开烤红薯的土坑，红薯的香甜让在场的每个人都直咽口水。黄蛋拿出来红薯给每个人分了。烤熟的红薯，大家都拿着吃得很开心，黄蛋也很开心，他清楚自己的手艺，大家都吃了，也就算对他的认可。虽然他们平日里都吃过烤红薯，但是他们觉得在土坑里烤出来的红薯格外好吃。此时此刻，也是黄康最喜欢和最难忘的时光。

二

黄康少年时最不喜欢的事之一，便是跟木木扯上关系。木木是一种欺软怕硬的性格。木木最怕也最敬佩的人是黄蛋，偶尔也忌惮一下胖墩儿，曾经有一次，木木在下课时，拿走了胖墩儿的文具盒，想要戏耍一下胖墩儿，被胖墩儿追到校门外，狠狠地揍了一顿。从此，木木便不怎么敢惹胖墩儿了。

平日里，只要黄蛋不在的情况下，木木就会在课堂上拽一下班级里女生的头发，芳芳和黄丽娟也不例外。虽然他们平时在一起玩，但是芳芳和黄丽娟很少跟木木说话。还有他经常去欺负"二剑客"，"二剑客"是黄蛋给黄宝和黄强起的绰号，他们中的黄宝无力反抗，而黄强就算反抗也没有用处。黄康的身体天生就很虚弱，木木也经常欺负黄康，拿走黄康的铅笔刀、橡皮、新的作业本等。黄康追着木木满校园跑，也追不上木木，就算追上了，他也打不过木木。后来黄康就默认木木的行为，任由木木拿走自己的文具。有时，木木也会偷偷拿走黄康带到学校的水果。黄康报告了老师，老师让木木道了歉。虽然木木道歉了，但是水果也被他吃掉了。后来，除了在黄蛋的带领下，黄康自己一个人的时候永远不会主动找木木玩耍。

黄康从不喜欢木木到不喜欢木木家的羊。每次去山冈上放羊，木木就把自家的羊全部放开了，任由他们肆意地跑，而他家的那些羊群就像木木的性格一样，吃几口青草就跑到芳芳家的羊群那里去争抢食物，芳芳赶不走它们，木木只在一旁坏笑着，仿佛在幸灾乐祸。黄康和胖墩儿帮忙赶，最后木木家的羊群被赶走了，争斗后，只剩下那些弱小的羊羔受了伤。

芳芳家有一只很瘦弱的小羊羔，黄康注意它很久了，它的脚有点跛，被木木家的大羊欺负的时候绕着圈跑，偶尔还会用它那还未长出角的头去回击一下。回击一下只是徒劳，它的力量还是太小，总被木木家的大羊撞倒，要好一会儿它才能缓缓站起来。黄康听芳芳说这只羊羔生下来后，脚就有点跛。黄康就对这只小羊格外照顾，摘几朵小花去喂它，或是找最嫩的青草去喂它。喂它的时候，旁边时常有其他的羊也会围过来，黄康就把手里采摘的小花或青草拿到身后，另一只手去吓唬其他的羊。待到赶走其他的羊后，黄康才从背后把青草拿出来喂给小羊。看着这只跛脚的小羊羔慢慢把自己为它采摘的食物吃完，黄康的内心就无比幸福，他觉得羊是世界上最温驯的动物，虽然偶尔像人一样为某件事争斗，但是羊比人类更简单一些。

每次，黄康去采摘青草喂这只跛脚的小羊，芳芳都看在眼里。芳芳对黄康说："等以后这只小羊羔的跛脚好了，我就给我妈妈说送给你养吧。"

黄康很开心，但是他知道，如果这只是芳芳自己的羊，芳芳一定会送他一只。他回想起芳芳妈妈那严肃的表情，就害怕了。他回答芳芳道："秋收后，我奶奶要给我买一只回来，我就要这只了。"

"不行，这只羊的脚跛了，等长大也不一定能恢复啊，你到时候一定挑一只最健康的小羊。"芳芳赶忙制止道。

"不，我到时候就要这一只跛脚的小羊，它很勇敢，它慢慢长大，它的脚一定不再跛。"黄康坚信自己的判断。他相信这只会小羊羔以后会长得很强壮。

三

黄康的父母都在外面工作，黄奶奶就把大部分土地租赁给其他村民了，剩下几亩的土地自己种。就算是这样，每到秋收的时候，胖婶也会带着胖墩儿的父亲来给黄奶奶帮忙。尤其是收红薯的时候，胖婶没等自家的红薯收完，就来帮黄奶奶。胖墩儿家的红薯地与黄康家的红薯地挨着，每当胖婶过来的时候，胖墩儿也会跟来帮忙。

今年的秋收，黄康干活很卖力，他知道把红薯做成粉条卖掉以后，就有钱买下一只小羊羔了。他心里藏着这个秘密，把秘密化作动力。胖墩儿和黄康合作，胖墩儿的力气大，拿着锄头朝红薯土堆上刨一下，露出来红薯，黄康的手一提，一大串红薯就被提了出来。

　　　　　　　　　　　　　　一梦年少模样

黄村村民把新鲜的红薯都拉到黄康家。每年秋收时，黄康家就异常热闹。黄村里很多与黄康同龄的人也会跟着家长帮忙，聚在黄康家。黄康家门前还搭建了一个很大的秋千，为了给小孩子玩耍。

　　秋收后，黄康就对奶奶说："奶奶，都已经秋收过了，我们该养一只小羊了。"

　　黄奶奶轻轻地抚摸着黄康的脑袋，笑道："好，奶奶答应你的事一定会办到的。前段时间，我听你说，你想要买芳芳家的一只小羊羔。下午，我就带你去芳芳家。"

　　黄康抬起头看向奶奶，开心得连连点头。

　　午饭过后，黄奶奶就带着黄康走向芳芳家。黄奶奶特意带了一根绳子，打算用这根绳子去牵着那只跛脚的小羊羔。

　　黄康和奶奶到了芳芳家，芳芳的妈妈赶忙走出了客厅来迎接他们。黄康却没有理会，他一心想着去找那只跛脚的小羊羔。黄奶奶与芳芳的妈妈互相寒暄了一会儿，黄奶奶说："我的小孙子想养一只羊，前段时间忙，没有来。我们按市场价吧。"芳芳的妈妈谦虚地说："还要什么钱，三三喜欢哪一只，就挑哪一只走吧。"黄奶奶笑着说："让三三挑吧，我们就过一下秤。"芳芳的妈妈便去了堂屋，拿出来秤。芳芳也从屋里跟着跑了出来，芳芳和黄康一起捉那只跛脚的小羊羔。黄康已经和这只小羊羔混得很熟了，芳芳是它的主人，它对芳芳和黄康都不抵触，黄康和芳芳轻易就把它捉到了。芳芳的妈妈把羊按倒捆了起来。小羊羔倒下后，便发出撕心裂肺的叫声。黄康觉得太残忍了，他让芳芳的妈妈快点称一下小羊羔的重量，他不想听到这只小羊羔再这样惨叫了。

过完秤，黄奶奶从兜里拿出来钱递给了芳芳的妈妈。芳芳的妈妈脸上乐开了花，黄康知道芳芳的妈妈为什么这么开心，这只跛脚的羊按市场价出售了，她心里一定很开心。黄奶奶把自己手中的绳子打个结，套在了小羊羔的脖子上。绳子的另一端递到黄康手中。黄康就把绳子牵在手中，小羊羔却一直想挣脱。

黄奶奶对黄康说："不要紧，小羊羔现在还不习惯，过段时间就好了。"黄康牵着小羊羔走，小羊羔一直不肯走，黄康不敢使出太大的力气，他怕绳子勒得太紧。最后，黄奶奶在后面赶着，小羊羔才跟着黄康回家。

回到家中，黄康就把小羊羔拴在院子里的木桩上。然后，他跑去门外，抱了一堆红薯叶，放在小羊羔面前，小羊羔吃了起来，它吃几口红薯叶，便抬头看向周围陌生的环境，大叫几声，随后又低头吃红薯叶。黄康很担心它，一直守在它身边。黄奶奶理解自己孙子的想法，也走到小羊羔旁边，一只手抚摸着小羊羔，另一只手抚摸着黄康，说："放心吧，过几天小羊羔就习惯我们这个新家了，也会喜欢上这个新家的。"

黄康看向奶奶，他相信奶奶说的都是真的，他知道奶奶不会骗自己。

大约过了一周，小羊羔完全像黄奶奶所说的那样，它已

一梦年少模样

经完全接纳了这个新家，它跟黄康的关系最好，因为每天黄康放学后的第一件事就是带小羊羔去土冈那里吃草，小羊羔看到黄康就会绕着木桩欢快地蹦跳。每次放学，黄康都特别期待，期待这个他少年时代的特殊伙伴。

七、比勇气

一

　　黄康在黄村生活快四年了。虽然，黄奶奶对黄康很和蔼，不会要求黄康在家里待着写作业，但是，她对黄康的安全很关注，不让黄康到处乱跑。即使这样，黄康还是会偷偷跑出去，跟着黄蛋和胖墩儿把黄村基本跑了个遍。黄村周围有很多杏树，黄康知道黄村西边的杏树结的杏子最多，他也知道村子北边的杏树结出来的杏子最甜；黄康更知道黄村东边的山冈上寨子周围的青草长势最茂盛，也最适合放羊；黄村西边的小河，桥下的水位最高；小河边哪户人家种的西瓜熟得最早。这些黄康都如数家珍。

　　年少时的他们个子还很矮，和黄村西边小河沟里的水位相比，他们的身高就非常危险。而因着孩子们的贪玩特性，尽管家长们会对孩子进行安全教育，可是，每年夏天暑假来临的时候，他们还是会担心。因为总有孩子跳进村西边的小

　　　　　　　　　　　　　　　一梦年少模样

河沟里戏水，所以每当夏天来临的时候，家长们就反复嘱咐，学校也会在放假前的几天里一直宣传暑假注意安全的事项。

其实，家长和学校做的安全教育都是对的。1998 年，黄村遭遇了一场大暴雨，暴雨下了五天五夜。村庄东边的山冈上都被冲出来很多条大的水沟，雨水顺着水沟流下，穿过整个村子，然后流进了西边的小河沟里。第六天，雨停了，阳光也把温暖照向黄村。阳光下，大地散发出一股刺鼻的发霉味道。黄村西边小河里的水已经漫过了河沿。小河沟里的鲫鱼还蹦进了农田里，村中的大人小孩都去小河边上捡鲫鱼。炎热的中午，村中的男人们就跳进河里洗澡。八个九岁左右的孩子也跑去了，他们被大人们教训了一顿，却没有放弃到小河里洗澡的想法，他们又到了另一段没有大人的小河里游泳。再后来，一下子淹死了四个孩子，村中失去孩子的这几家人痛哭了好多天。几个少年在河里洗澡被淹死成了黄村十年不遇的大事件，黄村从那时起就禁止小孩子再到小河里游泳。

就算这样，黄蛋、木木、胖墩儿和黄康他们四人还是会偷偷跑去河边玩耍。黄蛋的主意最多，在他的带领下，家长们从未发现他们偷偷去小河沟里游泳的事。

除了学习成绩以外，其余的任何事情，少年们都要比出来个第一名和第二名。黄康自认为没有那么勇敢，胖墩儿因为当年从秋千上摔下来了一次，他的胆子也变小很多，危险的事情，胖墩儿也很少去触碰。胖墩儿不去触碰还有一个原因，那就是胖婶管他太严格了。和黄蛋玩耍、逃课、偷废铁这一类事情，胖婶基本上都是睁一只眼闭一只眼。如果胖婶知道胖墩儿去了小河里游泳，胖墩儿回到家就少不了受皮肉之苦。然而，越危险的事情，越具有吸引力。胖墩儿谨记胖婶的教诲，胖墩儿也有自制力。但是，偶尔他还是想跳进小河沟里游一下。

黄蛋最完美的计划就是拿芳芳做掩护，每次，要去河边游泳，他们就会说谎，说到芳芳家写作业了。芳芳作为一名好学生，且懂事听话，总能很好地蒙混过关，黄蛋的这招屡试不爽。

除了在小河里游泳，还有一件事就是捉小鱼小虾，木木从家里拿一个水桶出来。河面上能看到的鱼都是小鱼，不值得去捉，大点的鱼都在河底，而且还特别灵活，他们每次都捉不到。

他们去游泳，就选择吃过午饭，天气最炎热的时候，田地里没有人，他们才敢脱光衣服。只要是到了河边，黄蛋和木木轻车熟路地脱个精光，随着两声扑通扑通的声音，黄蛋和木木就已经扎进了水里。胖墩儿和黄康脱得很慢，黄康最后剩内裤不好意思脱下来，胖墩儿知道黄康不好意思，他对黄康说："没事儿，脱吧，习惯就好了。"

胖墩儿和黄康跳进水里，他们两个人都不敢往水深的地方去，最多到河水淹没过胸口的地方。他们只能看着黄蛋和

一梦年少模样

木木在深水中翻腾。黄蛋和木木一定要比出来一个第一。

游泳比赛，胖墩儿和黄康不会参加，他们两个人是裁判。游得最好的总是黄蛋，而木木从来不服输。比不过游泳，木木就跟黄蛋比捉泥鳅。他们找一段水最浅的河道，用石头把这部分围起来，每个人轮流拿着水桶从围起来的河段里往外泼水。只需半个小时，这一段被围起来的河水就被排光了，淤泥也显露出来了，他们便能看到泥鳅在淤泥里面翻腾着。

黄康捉了一条，大声喊起来："我捉了一条。"

比赛捉泥鳅时，他们四个人都参加。一个下午的时间，他们就能捉到半桶泥鳅，躲开村里大人们的视线，从小路回到木木家。木木的父母从来不关心木木会不会出什么意外。那时候在黄蛋、胖墩儿和黄康看来，木木过得最自由潇洒。这些归咎于他父母的性格，木木属于自由生长的人。

木木家是黄村最穷的一户人家。为什么最穷，原因也很多，首要原因是他的父母不去思考太多，只要无关自身的实际利益，他的父母就不会操心去管，还有就是木木的父母算是村中最老实巴交的人，平时就守着那几亩田地，再无外来收入；另一个主要原因是木木的哥哥，木木的哥哥是当年黄村淹死人事件里的幸存者。虽然木木的哥哥幸存了，但是他长大后不学好，经常从村中一些村民那里偷东西。后来村子里的人看到他总是带着异样的眼光，在背后议论着他父母不去管教他，以后一定会犯罪。木木的哥哥慢慢也察觉到了村子里的人在刻意避开他。初中一年级没有读完，他就辍学了，走上了外出打工的道路。在外面的两年里，他的父母都没有他的消息。两年后，几个警察开着警车来到木木家，他们来调查木木的哥哥近段时间有没有跟家里人联系过。调查完，警察说，木木的哥哥在外面入室抢劫，致人重伤。木木的哥哥逃跑了，警察现在一直在通缉他。没过多久，木木的哥哥被逮捕的消息就传到了黄村。判刑前，木木的父母到处借钱去赔偿受害人，在村子里东借一点，西借一点，尽量凑出更多的钱去赔偿受害者，想让木木的哥哥不被判刑。开庭当天，木木的父母去了开庭现场，由于木木的父母积极配合警察，还给了被害人一定的经济补偿，木木的哥哥被判有期徒刑十五年。木木的父母得知这个消息难受了很多天，他们开始后悔没有管教好自己的孩子，即使不能让他成才，只要他不去惹是生非就行。他们在判刑前还想着自己给了受害者钱，自己的孩子可能就会不被判刑，结果家里又欠了这么多债，孩子还是被判了刑……当时正值深秋，一阵寒风吹过，杨树的叶子就落下一大片，像是有人在空中撒钱。木木的父亲蹲在自家门口，杨树的树叶落在他的头顶和肩旁，他却全然不知，只顾大口地抽着自制的卷烟。这时，北镇派下来的专员刚好在木木家门前写标语，木木的父亲歪着头看向那个人用大的毛笔在墙上写下了一行字。木木的父亲不识字，他问那个人写的是什么字，那个人说："少生孩子，多植树造林。"

待到那个写标语的专员走后，木木的父亲站起身，看着那一行标语最后那个"林"字。扔下手中的烟头，踩了几脚，直奔自家的堂屋里。木木当时才五岁多，被他的父亲气冲冲地提了起来就向北镇镇政府那里奔去。他要给木木改名字，在户籍室那里，木木的名字就被改为了黄林。关于"木木"这个绰号，木木的妈妈就这样叫他的。从他哥哥的事后，他的父母觉得养孩子真的就不如种树或养猪。

所以，木木当时就更像散养的，像一只流浪狗总是自己找食物吃。木木的父母不会害怕木木走丢，或者在河里淹死。他们已经放弃了生活的希望，只要自己挣点钱，够他们自己吃喝就行了。

每次，捉回来的泥鳅，黄蛋他们都会拿到木木家里，黄蛋会显露出他的厨艺。木木给黄蛋打下手，点火。黄蛋则先把油预热，放生姜去腥。黄康和胖墩儿负责把泥鳅用清水过一遍，然后他们递给黄蛋。黄蛋从来就喜欢展露自己的各项技艺，其实，黄蛋也就烤红薯的手艺最好，炸泥鳅的手艺算不上很好。泥鳅炸好后，黄蛋也经常邀请黄丽娟和芳芳一起来吃。

而每次吃完炸好的泥鳅，木木家的厨房就一片狼藉。芳芳和黄丽娟在时还好，她俩不在的话，木木家的厨房就没有人去收拾。木木的妈妈终于忍不住了，这次，在木木他们又带回家了半桶泥鳅后就生气了，他们被木木的妈妈骂走了。他们四人提着水桶蹲在木木家门前发呆，在考虑怎么处理掉这些泥鳅。

黄康说："去我家吧，我奶奶应该不会骂咱们。"

然后，经过商量，剩下的三个人也同意了。

到了黄康家，黄奶奶正坐在门前的老榆树下，手里拿着芭蕉扇慢慢挥动。她看到黄康回来了，并且身上还沾满了泥巴，黄蛋手里还提着半桶泥鳅，她立刻就明白了这几个人肯定去了小河边。

虽然，黄奶奶脸色变得难看，但是，她没有责备黄康他们几个人，反而夸赞他们捉了很多泥鳅。黄康说，想用自家的厨房做泥鳅吃。黄奶奶拒绝了，她要亲自给他们几个人做炸泥鳅。黄奶奶先去院子后面的果园里摘了桃子和西瓜，拿给他们吃。自己进屋把泥鳅洗干净，拌上面，然后再放进油锅里炸至金黄。

黄康也叫来芳芳和黄丽娟。黄奶奶做的炸泥鳅非常好吃，每个人都吃得很开心。在他们吃炸泥鳅的时候，黄奶奶才开始教育他们："以后捉泥鳅的时候，不要到水深的地方洗澡，去捉泥鳅要提前给家里人说。下次再去捉泥鳅，就拿来让我做给你们吃。"

几个人都没有说话，只顾吃着美味的炸泥鳅。

黄康听在心里，黄康知道奶奶最疼自己。他也明白自己的身体弱，奶奶舍不得骂他。他心里暗暗地发誓以后再不做这些危险的事情了。

而黄蛋从来不会在乎别人的教诲，毕竟自己爷爷奶奶说的话，他都不在乎。

二

直到现在，黄康还依稀地能嗅到黄村周围的杏花的味道。黄村周围的杏花在春天就会绽放，花香四溢。黄康总会去摘几枝插在水瓶里养着，这是奶奶在春天的嘱咐，也寄托着冬去春来的美好愿望。

黄蛋和木木就负责爬上树去采摘，摘下来送给黄康、芳芳和黄丽娟。每当夏末，麦穗刚泛黄的时候，杏树上的杏子也就跟着开始变黄，那表示杏子也开始成熟。这时，黄蛋和木木大显身手，他们两个人总会去偷别人家的杏子，而自家的杏树就要保护起来。黄村周围的杏树，每家每户都分到几棵。这些杏树结的杏子在市场上没有竞争力，杏树长得很高大，结出来的杏子却很小。当时，北镇的集市上已经出现了嫁接过的杏树，长得很矮，却能结出很大的杏子。虽然，黄村的杏子在个头上没有竞争力，但是，以它独特的口感，还能卖出去。杏子也是村民们额外的收入，杏树也就被视为珍宝，杏子将要成熟的时候，每家每户都会去守着杏树，一是防止各种鸟类偷吃，二是防止他人来偷。

黄村周围的杏树很高大，黄康遵守着黄奶奶的嘱托，不去做危险的事情。他也不敢爬树，胖墩儿因为自身胖也不会去爬树。剩下就是黄蛋和木木两个人，他们趁着村民们回家吃午饭的时间，就偷偷爬上去。黄康和胖墩儿则只是在树下面，找一截粗而短的树枝在下面向树上扔去，也能砸下来不少杏子。

黄蛋和木木在树上能摘到很多杏子，当他们摘得差不多的时候，就开始比赛谁能爬到树的最高处。杏树最高处的树枝较细，黄蛋和木木两个人的体重很轻，树梢上面也能承受住他们两个人的重量。爬树他俩从来也没有比出胜负。

还剩下最危险的一项比试，就是黄村东边寨子旁一个废弃的窑洞。这里是以前黄村村民自建的一处砖窑，砖窑里面烧出来的都是青砖，黄村大多数盖房子的砖都出自这处砖窑。后来市面上出现了红砖，青砖便被取代了，主要原因是青砖较红砖工艺更复杂，红砖便宜且能大量生产。慢慢地，这座砖窑就被废弃了。

经过多年的风雨洗礼，砖窑上面长满了灌木和杂草，很多地方塌陷了，扒开杂草，大小不一的空洞便显现出来。废弃的砖窑还是蛇和蝎子的聚集地，一般情况下，很少有村民到那里去。不过对于村子里的孩子来说，砖窑里面很神秘，神秘的地方总充满诱惑，废弃的砖窑是炫耀勇气的绝佳地方。砖窑上面有几处地方已经被在孩子们玩耍的时候抹平了，上面就没有长出杂草和灌木。然而，很少有孩子敢爬到旧砖窑里面，里面很黑暗，更没有人敢去爬废弃砖窑里的预留通道。但是，到了黄蛋和木木比试勇气的最关键时刻，爬进废弃砖窑的预留通道就没有什么不可能的了。

旧砖窑预留的通道，刚好能容下一个成年人的体格。黄蛋和木木当时的体格，还会多出空间。

荒草下，黄蛋和木木却很容易就找到了入口。这里，他们最熟悉。黄蛋在前，木木在后，他们两个人便爬进了旧砖窑的预留洞口。胖墩儿和黄康就在洞口等着他们两个人。等了很久都没有见到他们两个人爬上来。胖墩儿趴在洞口，隐约听到了哭泣声，他猜想一定是黄蛋和木木在下面出事了。

胖墩儿让黄康在那里守着，他急忙跑下了山冈，朝村里跑去找大人们帮忙。

黄蛋的爷爷黄国忠还没有听胖墩儿喘着气断断续续地把话说完，便跑去找人带着铁锹去救自己的孙子了。

村民们开始挖那个废旧砖窑的预留洞口，洞口上面有四十厘米的泥土，洞口还是用砖砌筑的，村民们很难挖。挖了一个小时，预留通道已经完全挖开了。村民们这才发现预留通道下还有一个直径半米的倾斜洞口，一直向山冈下延伸。黄蛋和木木两个人就卡在中间。一个村民拉着一段绳子下去，把黄蛋和木木拉了上来。黄蛋的额头磨破了一大片，血迹已经干了，木木的鼻子还在滴着血。看到周围的人，黄蛋和木木知道自己已经安全了，两个人就大哭了起来。

这件事还没有结束。这里出现一条不寻常的通道，村民们就很好奇。有人找来手电筒向洞口照下去，下面有几块木板，看上去像一个棺椁的木板。

黄国忠就报警了，警察经过勘察，告诉村民这里是一个古代的墓穴，已被盗。警察通知了文物局，文物局的人在盗洞下勘探了两天，已经找不到考古的价值了，就在墓穴上面立了一个石碑，上面写着"测量标志，禁止破坏"。

黄康觉得立一个石碑只是掩人耳目，后来很长一段时间，总有外人来打听石碑下墓穴的事情。他们问到这个古墓已经被盗过，就不再追问下去。如果没有黄蛋和木木比勇气，村里人根本不会知道这里还有一座古墓，好像黄村里面的老人们曾讲过这座山冈下有古墓，只是没有人当回事。毕竟这些只是对盗墓贼更具有吸引力。

而黄蛋和木木比勇气的事也没有结果。他们两个人也没有比出来谁的勇气更大，因为他们两个人被救出来的时候，哭的声音一个比一个响亮。

八、命运之轮

一

　　黄康还依稀记得黄瞎子说得最多的一句话就是：造化弄人。

　　命运有时总爱和人开玩笑，命运有时也很荒唐。

　　在每个人的一生中，命运总也瞬息万变。

　　在童年里，黄蛋做过很多坏事，做过很多荒唐的事，也说过荒诞的话，但是他当时算是孩子们中间的一个"传奇人物"，他有着比同龄人高的胆识和技能。而黄蛋的父亲不姓黄，他从外地入赘到黄村。传统观念里，入赘的人会被歧视，尤其在农村，每个人都会戴着有色眼镜去看待一个入赘的人。所以在黄蛋出生不久后，黄蛋的父亲就出门做起了生意。本来想带着黄蛋也一起出去，黄国忠拦住了，他害怕黄蛋的父亲把黄蛋带走了，就再也不回来了。黄国忠没有儿子，却不想断了自家香火。其实，黄蛋有一个比自己大六岁的姐姐，姐姐一直跟着他爸妈在外面生活。只有春节的时候，黄蛋才和父母、姐姐相聚一次。

黄康觉得黄蛋也很可怜，在当年，人们口中还没有出现"留守儿童"这个词语，而黄蛋和黄康便已经是"留守儿童"了。从黄蛋记事起，总无意间听到一些人偷偷议论自己的父亲。因为黄国忠是村支书，没人敢在明面上说，所以只能偷偷讲。每次，黄蛋总会听到旁人议论他父亲入赘的事，好像那些谈论的人是故意说给黄蛋听的。很多次后，黄蛋越来越想念自己的父母，他的性格也在悄然发生着变化。黄蛋也就把对自己父母的思念转化为对黄国忠的恨。平时，黄国忠对黄蛋的要求很严格。黄蛋从不叫黄国忠爷爷，他只说："糟老头子，我家的糟老头子。"

他曾经看到户口本上自己的父亲姓杨。他就在黄村到处对别人说："我今天不再姓黄，我明天姓杨。"

有人就逗他："那你后天姓什么？"

黄蛋回道："后天也姓杨。"

"再以后呢？"

黄蛋不知道姓名在十八岁后就完全定格了。黄蛋不知道怎么回答了，就应付一句："以后的事情以后再说，反正现在的我就姓杨。"

周围的人都被逗乐了。事情也很快传到了黄国忠的耳朵里。黄蛋回到家，就看到黄国忠拿着棍子站在门口，他瞬间就明白了是怎么回事，自己的事情暴露了，黄蛋撒腿就跑，黄国忠就在后面追着，这便也是黄村的一道亮丽风景。黄蛋很少被追上，就算被追上了，他也知道黄国忠不会下重手打自己。随着黄蛋的年龄不断增长，黄国忠慢慢地也就不舍得出手了。上学调皮的时候，黄国忠就跟黄蛋的奶奶商量着，把黄蛋关在黄村小学里那个"小黑屋"里面。黄蛋的奶奶虽然是黄村小学的校长，但是她一直很不赞同。黄蛋的很多荒唐行为，黄蛋的奶奶也就睁一只眼闭一只眼，黄蛋不止一次把自己作业本上的名字写成"杨云飞"。黄蛋的奶奶忍不住了。黄蛋有一个特别聪明的脑瓜子，这是整个黄村小学老师公认的，但要管理他，每位老师都摇头，就算当着黄蛋奶奶的面，也只是摇头。黄蛋聪明，学习新事物很快，一学就会，就是不爱做作业，还总在学校搞破坏。每当老师收作业的时候，他就把"二剑客"的作业偷过来，用橡皮把"二剑客"他们二人的作业本名字都抹掉，换成他和木木的名字，其中一个写上"杨云飞"，另一本写上"黄林"。

不用想，代课老师一看就知道，这是黄蛋的杰作，转身就拿着作业本找校长去了。然后中午放学，黄蛋就很自然地被关在"小黑屋"里面了。黄蛋是主谋，又把所有责任都自己拦下了，木木便能逃脱被关进"小黑屋"的命运，他只会被老师批评一顿，中午回家补作业。黄蛋的奶奶其实很心疼黄蛋，偷偷让胖墩儿和黄康给黄蛋带午饭。木木本来是"从犯"，而所有责任却被黄蛋自己一个人顶了下来，木木为了表示自己与黄蛋同甘共苦，他中午就在"小黑屋"外面陪着黄蛋说话。胖墩儿和黄康中午给黄蛋送午饭时，芳芳也常和他们一起去看望黄蛋。

芳芳劝说黄蛋："你爷爷奶奶还是很疼你的，你以后不要再让他们为你操这么多心了。"

黄蛋默默地不说话。他知道芳芳是对他好，芳芳讲的都是心里话。大家也都明白，在芳芳心里，只要有人疼爱，支持自己去读书，她就觉得生活很幸福。后来，每个人才会明白由于生活的环境不同，每个人对同一事物的认知也就不一样了。

芳芳从小就不受她妈妈喜欢。芳芳表现得越优秀，她妈妈就对她骂得越厉害。

黄康也经常听到村民们饭后的闲谈，芳芳不是亲生的孩子，是被领养的。芳芳长得很漂亮，瓜子脸、大眼睛，然而芳芳的爸爸、妈妈、姐姐和弟弟都是圆脸。芳芳也曾听别人讲到自己，刚开始她听别人讲，后来都避开了，但是根据自己的经历，她也动摇了。明眼人都能看出来端倪，就连黄瞎子都曾讲过：芳芳的根不在这里，根在南方。芳芳跟着黄瞎子学二胡，其中一个原因就是想知道，黄瞎子是否真的能算出来自己到底来自哪里。黄瞎子对芳芳说："我算不出来了。"芳芳后来只好作罢。有时候，黄瞎子对芳芳的身世好像又隐瞒了什么。具体隐瞒着什么，除了黄瞎子外，大概只有当事人知道了吧。

黄瞎子也常对芳芳说："你以后的命好着呢。勇敢而耐

　　　　　　　　　　　一梦年少模样

心地生活，命运不会亏待每一个热爱生活的人。"

"嗯!"芳芳坚定地点点头。

二

小学要毕业的时候，黄村小学举行了动员大会。黄蛋的奶奶作为校长发言，然后是黄远。黄蛋的奶奶文化水平不太高，只是曾经读了几年书，黄村小学开办的时候，也没有几个文化水平高的人，直到后来，才引进一批文化水平高的老师，黄远就是其中一个，他也是师范职高毕业，算得上是科班出身。黄蛋的奶奶自然没有黄远演讲得好，还好，黄国忠也作为代表演讲，算是给黄蛋的奶奶保住了面子。

动员大会开完，黄康的小学生涯就快要结束了。他当时还不知道，以后的路会怎样，以后的命运会怎样，他也从来没有想过，黄蛋、胖墩儿他们几个人也没有想过。

第二天就要去北镇的初中考试了，黄康的奶奶下午就开始忙活了，给黄康做了很多可口的饭菜。黄蛋的奶奶拉着黄蛋到镇上去买衣服。胖婶在胖墩儿的书包里塞了很多的零食。

虽然说这样的场景就像是将要去远行了一样，其实只是离开一天的时间，但是只要踏入上学的道路，他们可能以后就很少再回来黄村了，仿佛远行了一样。

只有芳芳的家里面因为上学的事在闹纠纷，吵闹声传遍了整个街道。芳芳的妈妈不准备让芳芳再上学了，而第二天的考试，她也就不需要参加了。芳芳特别想上学，她哭诉着找她爸爸劝说，她爸爸只是劝说了一句，芳芳的妈妈就和她爸爸大吵大闹起来。

听到吵闹声，邻居们都来劝说，芳芳年纪太小不让继续上学，现在什么也做不了。芳芳的妈妈听烦了就躲进屋里，不再跟邻居们理论。芳芳的爸爸在门外跟邻居解释。黄蛋的奶奶听说后，也去了芳芳家，芳芳是黄村小学学习成绩最好的，她作为校长要去劝说。黄蛋的奶奶来到后，芳芳的妈妈才把门打开，跟黄蛋的奶奶拉起家常来，黄蛋带着木木、胖墩儿、黄康和黄丽娟也去了芳芳家，芳芳蹲在院子中间哭泣着。黄丽娟把芳芳拉起来，带着她向外面走去。

他们几个人穿过了黄村的街道，向东边的土冈走去，爬上土冈，来到寨子上他们的"秘密基地"。黄康说："芳芳，你来敲铃铛吧，把心里的苦都发泄出来。"

芳芳哭红的双眼看向铃铛，黄康先敲了几下，把绳子给了芳芳，芳芳就用力地敲打着。不知道敲打了多少下，芳芳敲累了，跑开了，跑到土冈的边缘，又大哭起来。

黄丽娟一直跟在芳芳身边，帮芳芳擦眼泪。

黄康他们几个男生不知道怎么去安慰，就默默地站在芳芳和黄丽娟的身后。

一直到了傍晚，他们才缓缓下了山冈。

芳芳哭累了，也想开了，她自言自语地说："不上学，我还能做其他的事情，我就出去打工，自己挣学费。"

她顿了一下，继续说："我这辈子一定要去外面，我要去很远的地方，看路边的美丽景色，去看我所有没有见过的人与事，吃没有吃过的东西。"

"对！"黄蛋大声地回应。

"我们以后都要去看看外面的世界，听世界上最有趣的故事。"

黄丽娟回头问黄蛋："为什么要出去听故事呢？"

黄蛋一时回答不了："这个……这个嘛，我也跟你说不清楚，反正就是去外面转转。"

一群人哄堂大笑，芳芳也跟着笑了。

走下土冈，夕阳的余光格外耀眼。村子西面像一团燃烧的火焰，把黄村的西面烧得通红。

一行人先把芳芳送到家里。芳芳家变得很安静，芳芳的爸爸正在厨房做着饭，芳芳的妈妈没有在家。芳芳的爸爸听到有人开门，便从厨房跑出来，他猜测是芳芳回来了。

他看到芳芳，急忙告诉芳芳，妈妈已经同意她明天去参加考试。他准备给芳芳做顿好吃的，让芳芳把需要的东西先整理一下。

芳芳很欣慰，她还能在这家里感受到爱，那就是她爸爸给她的爱。

芳芳的爸爸要留黄蛋他们几个人在家一起吃饭，他们都推辞了。他们也要回家收拾一下自己的东西。

这时，芳芳的妈妈从外面回来了，她手里提着一兜苹果，对芳芳说："这都是给你吃的。你也要体谅一下我和你爸的难处啊，养活你们三个孩子，你们三人总有人会提前辍学，你们都要有心理准备。"

芳芳低头思考了一会儿。

"嗯，我知道，我会好好把握每一次上学的机会，如果有一天，我考不上学校的时候，我就主动辍学。"芳芳坚定地说。

芳芳的妈妈点点头。

大家都看得出来，芳芳的妈妈真的太偏心，她对芳芳不太好，而对自己的大女儿和儿子却特别好。芳芳和她的妈妈也存在着隔阂。

但是，毕竟芳芳上学的事情定了下来，芳芳心里有说不出的喜悦，脸上的表情舒缓了很多。大家也很高兴，芳芳在他们心中已经是最好的朋友了。

三

进入初中的考试，本就没有太严格的说法。当时的说法就是：除了傻子，其他的小学学生都能考入初中。

其实也不对。黄村那"二剑客"就没有去上初中。"二剑客"中的黄强就很聪明，智商是没有什么讲的，唯有身体残疾不能打理自己的生活。初中就要住校了，黄强只得就此

　　　　　　　　　　　　　　　　　　一梦年少模样

也远离校园了。黄强的家人早就考虑过了，他们又给黄强生了一个弟弟，黄强的父母本就对黄强不抱太多的希望。"二剑客"中的另一个是黄宝，从小得了脑炎，脑子坏掉了，反应迟钝，就被同学当傻子看待。黄宝在五年级的时候就再也没有来学校了。黄强说黄宝生病住院了，还有其他同学说黄宝死掉了，他住院不久就死掉了，医生也治不好。黄强一直不愿意相信，在他看来，黄宝不在了，以后就剩他自己一个人了，没有人愿意跟他玩，毕竟自己走路都走不利索，跟着别人也会被嫌弃。后来也就是这样，黄康再没有见过黄宝，只剩下黄强一个人上学、放学。小学升初中，黄强选择辍学对他来说应该是一件好事。木木对于上初中这件事，没有什么感觉，他父母是觉得他年纪太小还不能出去打工。待到中学毕业，就可以直接工作挣钱了。不论是黄村还是整个北镇，有很多家长都是这个想法，拿一个初中毕业证，然后去南方的电子厂打工赚钱。每当过年的时候，黄康就会看到，黄村总有一些年轻人从南方的电子厂回来，他们身穿紧身毛衣、紧身裤子、尖头的小皮鞋，外面穿一个冒牌皮衣，烫的爆炸头还染成了彩虹的颜色。黄村的村民不是太懂，觉得这就是大城市里面的时尚，他们都是挣到钱的人（毕竟比在家种地挣钱多），见过大世面的人。很多人就会等着自家的孩子上完初中也送到大城市的电子厂里见见他们所理解的世面。

"所有人的小学，一群人的初中，几个人的高中，一个人的大学。"黄康后来在网上看到过这句话。

考试的当天，天气异常好，阳光照在脸上，伴随着微风，很舒服。新的环境也令人莫名地兴奋。

北镇是一个古老的镇子，黄康的爷爷那辈人时，北镇就很繁华，再往前推，那里还是一座县城。这座初中在北镇的最北边，学校的名字是北镇第一初级中学。

北镇有两所初级中学，第二所学校的名字叫北镇第二初级中学。虽然说是北镇的，这所学校却远离了这个镇子，在镇子南边的一个村子旁。学校的好坏从地理位置就能分辨得很清楚。北镇第一初级中学的教学质量肯定比北镇第二初级中学要好很多。

考试当天，由每个村庄小学的校长带队，毕业班的老师陪伴。黄蛋的奶奶给大家买来矿泉水，安抚着每个学生的情绪，不能紧张。黄远则在辅导每个学生考试技巧，还一直提醒着每个人把自己的考试工具准备好。当时的初中还有一个实验班的存在，考试成绩好的人就会分到实验班。

第一场考试的科目是雷打不动的语文。第二场考试的科目是数学。虽然大家在六年级的时候才开始接触了一点英语的课程，但是英语课程在那个时候不在考试之列。

第一场考试在九点准时开始，每个人拿着准考证进入考场。经过两个小时的紧张做题，十一点考试结束。

下了考场，大家都聚集在黄蛋的奶奶旁边。黄远问着大家考试怎么样。大家齐声回答："感觉挺好。"

　　　　　　　　　　　一梦年少模样

黄远笑着说："语文考下来都这样，以后你们参加中考和高考，第一场都是语文，就是让你们觉得自己考得还不错。下午的数学考试才是真正的较量。中午，大家吃过饭就去休息一会儿吧。"

中午，黄蛋的奶奶要带大家去饭店里吃饭，学生们觉得不好意思，学生们也都从家里带了吃的来，所以就没人去。黄蛋的奶奶只好作罢，带着几个老师去了。她在人群里找黄蛋，却找不到。其实黄蛋在考试结束后就带着木木探索新的校园环境去了。

初来乍到的学生们都从家里带来了很多吃的，这样能省钱。黄康、胖墩儿、芳芳和黄丽娟找到校园的乒乓球台，从书包里把各自从家里带来的食物聚在一起。黄康带的水果比较多，胖墩儿带的全部是零食，像火腿肠、方便面，芳芳和黄丽娟从家里带来油饼、包子。四个人把食物聚集在一起就丰盛了起来。

芳芳说："我们把黄蛋叫来一起吃吧。"

胖墩儿和黄康在学校里找了一圈依然没有找到黄蛋，只好返回乒乓球台那里，他们四个人便吃了起来。吃过之后坐在乒乓球台旁边休息，等待着下午的另一场考试。

下午两点开考，黄远把大家召集在一起，交代了考前注意事项。下午的一场考试是数学，是能拉开分数的最重要的一门考试。所以，每个人都必须认真地对待。

下午四点考试结束了，也暗示着黄康他们最后一个小学暑假即将开始。

在黄蛋和木木的心中，暑假就是更加舒服地玩耍。黄康这个暑假却要离开黄村了。黄康的爸妈回来了，他们想趁着暑假把黄康带去他们工作的城市。黄康也想爸妈很久了，他告别了黄奶奶，告别了黄蛋和胖墩儿他们这群小伙伴。

四

初中上学期，一切都很平静。在北镇第一初级中学，黄蛋、黄康和芳芳考试成绩好，被分配到实验班。木木、胖墩儿和黄丽娟被分到普通班。

初中，没有爷爷奶奶的庇护，黄蛋被迫开始写作业。他觉得这样很无聊。黄康慢慢地发现黄蛋有一个消磨时光的地方。

一次周末，黄康他们一起去北镇上学。到了北镇，黄蛋和木木并不急着进去学校，而是直接进入了一家网吧。黄康曾从这个网吧门口经过很多次，门口敞开，但是他感觉比黄瞎子的堂屋还要昏暗，他不敢进去。这次黄蛋和木木就要进去，黄蛋也邀请了他和胖墩儿，黄康才终于鼓起勇气进了网吧里面。当时，去上网的孩子都被大人说是坏孩子，"网吧猛如虎"，不学无术的人才会去网吧，那些上网的人成绩会慢慢下降，变成一个废物。

黄康进去以后，黄蛋和木木都有会员，他俩熟练地上号。黄康第一次进去，如何给网管交钱都不会。黄蛋的上机会员没钱了，他叫了一声网管，就把一元钱扔在地上，黄康也学着黄蛋的样子把钱扔在了地上。然后，那个网管就说黄康，黄康觉得自己太土了，怎么上网都不知道。

初一上学期，黄康偶尔会跟黄蛋去一次北镇这个网吧。木木后来上网没钱了，黄蛋给他垫付了几次后，木木觉得不好意思，便和黄蛋商量，把自家的花生卖一袋子。黄蛋帮着木木把一袋花生卖掉，钱就用来上网。这件事被木木的父母发现了，他们知道自家的花生少了一袋，打了木木一顿，木木就把所有的事情都交代了。黄蛋和木木偷家里粮食卖的钱，全拿去上网了。很快，黄村人都知道了这件事。黄蛋也被黄国忠狠狠地教育了一顿，其他家长都以这件事作为教育孩子的反面教材。

这件事之后的很长一段时间，黄蛋和木木便不敢再去网吧了。他们都重新回归到校园的学习和生活中。直到初一的下学期，一件事的发生，改变了黄蛋和木木多年的友谊。

初一下学期，一个初二年级的小混混不知道何时看上了长相漂亮的芳芳。他每天一放学就会在班级门口截住芳芳，然而每次，芳芳都不理会他。时间久了，芳芳也开始苦恼。黄蛋和黄康都看在眼里，他们也一直攒着怒气，要教训一下这个小混混。黄蛋拉来黄康、胖墩儿和木木几个人商量，除了木木很扭捏地答应，其他人都爽快地答应了。有一次，这个小混混闯进了黄康的班级，黄康和黄蛋刚好也在教室。那个小混混径直到了芳芳的桌子旁，直接抓住芳芳的手，芳芳被吓得一时间没任何反应。黄蛋看着这一切，没有犹豫，拿起最后一排座位附近的一个废弃的电灯管，直奔那个小混混去了。黄康出门找胖墩儿和木木。当胖墩儿和木木来到黄康这个教室时，黄蛋已经拿着电灯管砸在那个小混混身上了，电灯管瞬间碎了一地。小混混看到黄康又带了两个人来，便没有回击，他心里知道自己一个人会吃亏。

"你们几个人等着，我早晚教训你们几个！"小混混甩了一句狠话就离开了。

从这以后，每次放假的时候，这个小混混都会聚集一群人在校门口，黄康他们总是一起回家，小混混看着黄蛋是四个人一起，没动过手，只是恶狠狠地瞪着黄蛋他们一群人。其实那个时候，小混混就被黄蛋打的那一下给吓怕了，他也不敢贸然动手。但他平时总在校园里放狠话：谁跟黄蛋一起，就打谁。

这些话却吓到了木木，木木总害怕自己挨打。他开始刻意躲着黄蛋。再去网吧上网的时候，木木总独自一个人去。

黄蛋也察觉到了木木的变化。黄蛋并没有说什么，只是像平时一样对待木木。直到有一天，木木说自己要转学了。木木要离开北镇第一初级中学，他要去北镇第二初级中学。那里有他一个表哥在，他表哥也是一名学校的小混混，他决定去"投奔"他的表哥。木木要走，黄康几个人一直在挽留，唯独黄蛋一个人没有去挽留。

木木在初中二年级就转学了，上学期放寒假的时候，黄康听木木吹嘘自己在北镇第二初级中学多么厉害。黄蛋每次听到木木说这些，就转身离开。

后来黄蛋自己也再不去网吧了。因为木木走了，胖墩儿和黄康不会经常和他一起去网吧，他自己索性也不再玩游戏了，开始全心全意地学习。直到初三的寒假，黄康再没有见木木回家。他从邻居口中才知道，木木在北镇第二初级中学被别人打了一顿，然后就辍学了，他把行李带回来，家都没进，就跟着黄村一个年纪稍大的人去南方的电子厂打工了。

五

在北镇第一初级中学，三年时间很快就过去了。黄康突然觉得自己长大了，他开始有自己的想法了。他不知道这只是每个人成长过程中的叛逆。

中考前，北镇第一初级中学放了两天假。黄康他们回家了，曾经在芳芳家买的那只小羊羔已经长大，现在却得病了，黄奶奶在北镇上找了两个兽医，也没有治好。现在那只羊病恹恹地躺在自家的庭院里。黄康看了一眼，他没有像以前那样过去抚摸它，转头对黄奶奶说："那就把它卖了吧。"而那天深夜，黄康趁着黄奶奶熟睡后，自己偷偷跑到羊身边，抚摸着它。

中考的第二天，芳芳突然胃里不适，她被急救车拉到医院，医生诊断为阑尾炎，要做手术，她不愿错过考试，坚持着要去考试，却被医生打了麻醉剂，直接推进了手术室。芳芳错过了中考，她的学习成绩一直很好，考上县里面的重点高中没有一点问题。芳芳不甘心，但是芳芳的妈妈早就有让芳芳辍学的打算，芳芳也曾给她妈妈发过誓，自己如果考不上学就主动辍学。这次，芳芳想求妈妈，让自己再复读一年，她妈妈坚决不同意。就这样，芳芳在初三的暑假哭了两个月，就准备提着行李去她妈妈给她找的服装制作的工厂。

在这三年里，胖墩儿无数次地对黄康说："我喜欢芳芳。"而黄蛋也曾说他也喜欢芳芳。胖墩儿知道芳芳因为得病没能参加中考，便有可能就不再上学了，他知道自己考不上高中，便跟胖婶提出来辍学的想法。

胖婶追着胖墩儿打了几天，最终还是妥协了。

芳芳已经完全接受母亲安排的事情，在她临行前的一个晚上，黄蛋带着黄康把芳芳从家里约出来。他们一起出了黄村，到了小河边，黄康刻意放慢了脚步，远远跟在他们后面。但是黄康还是能听到他们的对话。

黄蛋先开口了："芳芳，你真的选择从此离开校园吗？"

"我……"

芳芳只说出一个字，便沉默了。

芳芳的妈妈这段时间除了给芳芳找打工的机会，也在寻找婆家，她想快点把芳芳嫁出去，这样就能收彩礼钱。而她又不想芳芳嫁得太远，找附近的女婿还能是她的"摇钱树"，芳芳妈妈的这些心思，大多数人都知道。她现在天天找媒婆，或自己盘算周围哪户人家合适。

在黄村，除了胖墩儿家是外姓人，大多数黄村人都是同一宗族。本来芳芳的妈妈想把芳芳嫁给黄蛋，黄蛋的爷爷是村支书，奶奶是小学校长，家庭条件在黄村最优越。碍于跟黄蛋家属于同一宗族，便打消了念头。然后她想到了胖墩儿，胖墩儿家庭条件也不错。

芳芳和黄蛋沉默了很久。芳芳才开口："我妈妈想让我将来嫁给王涛，她现在正找媒婆跟胖婶商量。"

黄蛋不知所措，一边是自己从小玩到大的伙伴，另一边是自己喜欢的人，他不知道做什么决定。还有他和芳芳是同一宗族的人，就算他和芳芳在一起，将来也会有很多人反对。

"你喜欢胖墩儿吗？如果有将来，你能跟着我私奔吗？"黄蛋问芳芳。

"我不知道，我只想我们这几个朋友永远在一起，一起去远方。像你说的，去远方听各种故事。"

"那好吧。"黄蛋叹息一声。

黄蛋和黄康送芳芳回家。在路上，芳芳一直低着头，到了家门口，黄蛋并没有道别，而是直接转身走人，黄康看到芳芳这时才抬起头，目光紧紧锁定着黄蛋的背影。黄康知道芳芳真正喜欢的人是黄蛋。芳芳没有正面回答黄蛋，她也知道自己逃不过家里的安排，逃不过命运。她也不想耽误黄蛋要走的道路。

第二天，胖墩儿和芳芳一起出门打工了。他们是偷偷离开黄村的，黄康都没有来得及送送他们。胖墩儿和芳芳离开黄村以后的很多天，黄蛋都没有再走出家门一步。黄康决定去看看黄蛋，他来到黄蛋家中，黄蛋就静静地躺在床上，他侧卧着，面对着墙。

黄康叫了黄蛋一声，黄蛋并没有回应。黄康很清楚地知道，这一次，黄蛋是真的伤心了。胖墩儿和芳芳离开了黄村，与他关系最好的木木更早以前也离开了黄村。

高中开学时，黄蛋才第一次出门，他和黄康一起去县城里的第一高级中学。虽然黄丽娟也上高中了，但是她的学习成绩并不好，她考上的是县城里面的第二高级中学，据说第二高级中学比第一高级中学的教学质量要差很多。

高一时，黄蛋和黄康很幸运地分到了同一个班级。可能他们换了一个新的环境，黄康看得出来，黄蛋已经开心了很多。

县里面的第一高级中学，不论作息时间，还是校规校纪都很苛刻。

开学一个月后，黄康和黄蛋已经慢慢适应了高中生活。在分座位的时候，黄蛋拿着文具直接坐到了最后一排，他与同为最后一排的同学很快就熟悉了，除了学习，他们就喜欢违反一些校规校纪。黄蛋也曾对黄康说："反正我也不用考大学，我就是来混混日子，等过两年就去当兵了。"

高一的时光，黄康觉得漫长而又短暂，漫长是因为他每

一梦年少模样

天的生活都很有规律，教室、食堂和宿舍之间三点一线地徘徊，而短暂是突然间要读高二了。高二时，他们要分文理科，黄康遵循父母的意愿报了理科，他的父母说："选理科，将来大学毕业容易找到工作。"

而黄蛋选了文科。他没有跟父母商量，更没有和黄国忠提起文理分科的事情，黄国忠更没有在意这些，他只关心黄蛋高中毕业就去报名参军的事。

由于黄蛋不为考大学，他在高中的无聊时光就很多。只要有时间，他就在操场上打篮球。无聊的时光，黄蛋再不去网吧上网，也不违反校规校纪，只做一个最普通的学生。高二下学期，黄蛋又报名了艺术班，在学校里学吉他和钢琴。黄蛋弹着吉他时，围绕在他身边的女孩越来越多。

每次学校放假，黄康和黄蛋还是会一起回家，路上，他就会调侃黄蛋："你身边那么多女孩，找个女朋友吧。"

"找女朋友多无聊，还是单身最自由。"黄蛋的回答显得很随意。

黄康知道黄蛋的心里还没有放下芳芳。

高三开学不久，校园里拉起了很多参军标语的横幅。两个穿着军装的人，在学校门卫室旁支起一张桌子。黄蛋对黄康说，自己该离开学校了。他在暑假的时候，黄国忠就带着黄蛋报名参军了。黄蛋体检达标了，他在开学后就开始做入伍的准备了。

在高中这两年时间，在黄康的心里，从没有觉得自己和黄蛋有什么过深的交情。但是当黄蛋要离开的时候，黄康心里突然难受起来。

黄康身边的这群小伙伴，一个个陆续离开了。他仿佛站在了十字路口，每个人的选择都不相同。

在离行前，黄蛋和黄康喝得酩酊大醉。黄康重复着最没有创意的话语："去当兵，要加油！"

黄蛋不语，只是一杯接着一杯地喝酒。

黄康内心很清楚，他们两个人这一别，不知将来何时才能相见。

一梦年少模样

九、候鸟的秘密

一

"今年冬天的雾气，要比往年大很多啊。"

"是啊，真大。"另一个人在旁边附和着。

"这不是雾气，是雾霾，从城市那边飘过来的。"第三个人说道。

今天是黄蛋人伍的第二天。黄蛋真的去当兵了，黄康失落了很久。

黄康在上学的路上听着每个人都在谈论这件事。今天是周日。因为周六帮黄蛋整理东西，他就一直没有写作业。黄康在尽快赶到学校把作业写完。明年就要参加高考了，这是人生的一件大事。他曾读到过一句话：人生三件幸事，金榜题名时、他乡遇知己、洞房花烛夜。

明年，他可能要完成人生第一件幸事。

雾真大，遮住了前面的道路。黄康的心情就像这雾霾天气一样，他对未来也很迷茫，看不清自己的道路，明年会考上大学吗？以后会再回到黄村吗？还能与黄蛋、胖墩儿他们相聚吗？这些在成长过程中，也就成了谜团。再后来的事也只有不断前行才能知道。

他们分别的时候，黄康还没有手机，他想询问黄蛋是否到地方，是否已经安顿好了，然而他无从知道。黄康心里默默地为黄蛋祈祷，希望黄蛋能顺利抵达目的地。

黄蛋走后，他们几个人中还在上学的只有黄康和黄丽娟了。然而，黄丽娟在县城的第二高级中学，和黄康不是一个学校。当初胖墩儿和芳芳毕业辍学后，黄康也难受了很久。不过，庆幸还和黄蛋在同一所学校，他心里还有些许欣慰。

他不敢再去想什么。现在是高三，父母经常回来看黄康，叮嘱最多的就是让他好好学习，考取一所好学校。他们叮嘱多了，黄康就觉得烦恼，黄奶奶知道孙子的心思，待黄康的父母走后，黄奶奶就告诉黄康，等考上大学就好了。黄康听奶奶的话。黄康也明白，自己要学习，自己要去写作业，自己明年要考一所好大校。

黄蛋被迫选择了一条他家里人指定的道路。在他们这群伙伴中，除了胖墩儿，黄丽娟、木木、芳芳和黄康也是被迫选择了一条家人指定的道路。

"这些都不重要了吧。"黄康自言自语地说，黄康想象着以后的情景，想了很久，想得脑袋疼。黄康想对他们说别走，但是最后黄康只在心里默默地说了一声再见。

二

　　紧张的备考期间，黄康不再分出精力去考虑太多。黄康的父母常年在外，奶奶给的爱并不是父母能够给予的。剩下的就是他们这群小伙伴给的快乐。黄康要努力学习，明年一定要考一所理想的大学。

　　高考前天空一直都是灰色的。

　　黄康早上五点就起床背语文课本上的诗词或者背英语单词。上午、下午听课，晚自习做题。每天的三点一线，这样规律地过了一个月，他已经忘记了黄蛋入伍离开时带来的悲伤。他也忘记了胖墩儿和芳芳的离开。

　　终于到了寒假，黄康带了很多行李回来，胖墩儿和芳芳也从外地打工回来了。胖墩儿专门骑着摩托车去接了黄康。在胖墩儿心中有两件事，要等黄康回来告诉他。

　　第一件事：黄瞎子去世了，在一个北风呼啸的深夜。直到第二天下午，才被村民才发现。黄瞎子早已经为自己安排过后事，他把这些年攒的钱全放在了床柜里面，黄村中的每个人都知道，就算有某些小偷小摸的人也不会去拿，因为每个人都知道那是黄瞎子留下来打理自己后事的钱。黄瞎子在这个世上已经没有亲人了，平时黄村人对他也很照顾。

　　黄瞎子去世的时候，所有事项都由黄国忠主持，村中很多人都来帮忙了。关于黄瞎子留下来的钱，也有几个村民在私下偷偷讨论着。

"毕竟黄瞎子这些年算命也攒了不少钱。他也不怎么花钱，钱都留了下来。"

"那也是黄瞎子的钱，给他办一场大的葬礼，剩下的钱就放在他的棺材里面吧。"

"是的，那就给他留到棺材里面吧。"

黄瞎子的葬礼办得很隆重，棺材用的也是比较好的木材。埋葬黄瞎子的时候，黄国忠把剩下的钱全放在棺材上，然后说："剩下的钱都在这里了，每个人都来拿吧。"

这不是分钱，是给在黄瞎子葬礼中出力的每个人，这是黄村的风俗，更是对去世人的一种礼节。棺材上面盒子里都是面额不等的钱，但是每个人心里都有数，没人拿大额钱，只是拿走了其中面额最小的。

黄瞎子的坟墓就在山冈的下面，在他妻儿的坟墓旁边。

黄康回到家中放了行李，胖墩儿就带着他去祭拜黄瞎子。胖墩儿在自家的小卖部拿了两瓶白酒，还带了一打纸钱。因为黄蛋他们三人以前拜了黄瞎子为师，他们知道"一日为师，终身为父"的道理。

黄蛋已经服役了几个月，黄蛋当兵的时候，他们还没有手机，唯一的联系方式是 QQ，黄蛋已经很久没有 QQ 在线了，黄康和胖墩儿没办法通知到黄蛋。黄瞎子去世了一个月后，只有黄康和胖墩儿两个人去帮黄瞎子扫墓。

今天算是黄瞎子的"五七"，他们沿着小路，走到山冈下面，到了黄瞎子的坟前。胖墩儿和黄康行了黄村的礼节，然后把纸钱点着，给黄瞎子烧到另一个世界。胖墩儿把两瓶酒打开，一瓶倒在黄瞎子的坟前，另一瓶给了黄康，黄康猛地灌了一大口，白酒的辛辣，一瞬间，黄康眼睛就红了。胖墩儿接过酒瓶，也灌了一大口。胖墩儿的眼睛也跟着红了起来。

"黄瞎子其实人不错，对我们真的挺好的。"胖墩儿哽咽地说。

"是啊，可惜黄蛋没有在这儿。"黄康随口附和了一句。

胖墩儿把剩下的半瓶酒也倒到了地上，就算是帮黄蛋为黄瞎子敬了这杯酒。黄康和胖墩儿在山冈前站了很久，两人相互便没有言语。胖墩儿在想如果黄蛋也在，他们在一起回忆着那些往事，便不会这么悲伤。黄康心里越来越觉得自己孤独，像一只离群的候鸟。虽然黄康和胖墩儿所想的不同，但是黄瞎子的去世对他们来说都是一种悲伤。

终于，胖墩儿先开口了。

"我过几天要结婚了，三三，你来我家给我帮忙吧。"

"什么?"黄康不敢相信自己的耳朵，然后是一连串的问题，"你现在就结婚吗? 你跟谁结婚? 就要结婚了?"

"我要跟芳芳结婚了，就在一周后。"胖墩儿很平淡地说。

"我知道芳芳不同意，可是她妈妈同意了。我知道芳芳喜欢黄蛋，芳芳的妈妈也挺喜欢黄蛋的家庭，你们都是同族同姓，我跟你们不是同族同姓。芳芳的妈妈要了很多彩礼钱，我妈妈很喜欢芳芳，她也知道我喜欢芳芳，她就东拼西凑把彩礼钱送到了芳芳家。"

黄康既激动又纠结，激动的是芳芳有了胖墩儿这个不错的人选，纠结的是黄蛋会怎么样。黄康知道黄蛋也一直喜欢芳芳。

"黄蛋会回来吗?"

胖墩儿思索了一会儿，回答道："应该不会吧。我给他发了 QQ 消息，他已经很久没有登录 QQ 了。"

"三三，你一定得来。"

"我肯定提前去，给你帮忙。"黄康回答道。

临近过年，胖墩儿的婚礼也将举行。婚礼的前一天晚上，黄村下了一场大雪。

大雪的夜晚，胖墩儿找了一辆车子，送芳芳到理发店里把头发盘了起来。黄康也陪着过去了，黄康心里已经没有什么纠结了，因为事已成定局，他原来纠结胖墩儿带着芳芳再一次见到黄蛋会是怎样的场景。

在理发店的时候，芳芳一言不发。等到胖墩儿出去买饭的空隙，芳芳才开口对黄康讲话。

"对于命运，我真的没有选择的机会。我真的不怎么喜欢胖墩儿这个人，而他对我却一直很好，他比黄蛋稳重一些。黄蛋说将来要带我出去，去看整个世界。而我等不到那个时候了，父母之命难违。黄瞎子死后，我也偷偷跑去黄瞎子墓地好多次了。我记得他曾对我说过，我的命会越来越好，可是我现在很迷茫。不知道这样的选择是否正确，我还是会相信黄瞎子说的'命运不会亏待每一个热爱生活的人'。"

芳芳说完看着窗外飘落的雪花，沉默了一会儿，她又对黄康说："这就是每个人的命吧。"

第二天阳光明媚，胖墩儿和芳芳的婚礼举办得很顺利，也很隆重。在自家办的酒席，厨师是附近村庄的大厨，菜也是大厨准备的。司仪就是婚纱摄影影楼里面的人。一切都办得顺顺当当，村中大部分人都来了，虽然胖墩儿家是从外地迁移过来的，但是芳芳家却是与黄村同族。因为这些，他们也就成了一家子人。

婚礼很热闹，黄康做了胖墩儿的伴郎，黄丽娟做了芳芳的伴娘。胖墩儿和芳芳两家离得不远，但形式还是要走的。迎亲的车辆早已准备妥当。在最吉利的时刻，胖墩儿在门口放了鞭炮。迎亲的车队已开始出发，围着村子转了一周，才到了芳芳家。今天的芳芳看起来高兴了许多。黄康也开心了，黄蛋、胖墩儿和芳芳他们三人的关系应该在今天就会尘埃落定了吧。

婚礼上胖墩儿被抹了满脸煤炭，而司仪一直在调侃胖墩儿，胖墩儿则一直尴尬又憨厚地笑着。亲朋好友们看着胖墩儿的模样，都大笑着。芳芳也跟着笑了。

婚礼结束，人都散了去。

黄康最后才离开。现在胖墩儿和芳芳结婚了。曾经黄蛋说会回来娶芳芳，就此也再无誓言。

黄康刚走出胖墩儿的家门，胖墩儿也踉踉跄跄地跟了出来。从走路上看，黄康知道胖墩儿喝多了。

胖墩儿拉住黄康的胳膊，往寨子的方向走去。

一路上，胖墩儿笑着就突然大哭了起来。黄康突然不知所措。

胖墩儿说："三三，我结婚了，我真的很高兴，不论花多少钱，这辈子芳芳就是我的人了。我一定会让她过得很幸福。"

黄康不知道怎么安慰胖墩儿，他也不明白胖墩儿为什么要哭。

胖墩儿又说："我知道黄蛋也喜欢芳芳，打工前那天晚上，你和黄蛋叫芳芳出门，我也知道，我当时在场，我一直跟在你们后面，我听到了黄蛋和芳芳的谈话。我对不起黄蛋。"说完，胖墩儿蹲在地上哇哇大哭起来，并且开始吐酒。

黄康拍打着胖墩儿的后背。

黄康说："没事的，任何事情都有定数。"

黄康和胖墩儿在土冈上的寨子旁待了很久，直到胖墩儿酒醒了一些，他们才回家。

黄康送胖墩儿回家后，才往自家的方向走。漆黑的夜晚，白茫茫的雪地却又很明亮。他想了很多，他想不仅是自己隐藏着秘密，大概每个人心中都会在冬天里藏着秘密，等待着春暖花开的时刻。

　　　　　　　　　　　　一梦年少模样

十、芳芳的身世

一

七月的天气，暑气蒸腾。中午时分，太阳直接照射下来，像是要把大地烤焦一般。水汽一直蒸发着，树叶也像被烤干了一样，垂下了头。

大二的暑假，黄康回到了黄村。他平时一般帮着奶奶干些家务，不忙的时候，就会去给胖墩儿帮忙。

胖墩儿的超市正在起步的阶段，很多事情，胖墩儿一家人都忙不过来。黄康就去帮忙。胖婶看到黄康就很开心，在胖墩儿这一群小伙伴里，就数黄康最乖。

黄康是胖墩儿为数不多而且还一直上着学的朋友。从芳芳不上学后，胖墩儿就坚持不再上学。

现在胖墩儿家开了家超市，不论超市多么忙碌，芳芳的母亲从来没有来帮忙，而她又觉得胖墩儿家有了钱，所以每次来找胖墩儿的时候，都要讲自己家里的日子怎么不好过，讲芳芳的姐姐刚毕业工作挣不到钱，讲芳芳的弟弟在上学要花钱。胖墩儿早已明白岳母的意思，她是想从自己这里借点钱花。胖墩儿在给芳芳妈妈钱这件事上从来不会与芳芳商量。因为胖墩儿觉得芳芳嫁给他，是他这辈子最大的财富了。

以前，胖墩儿瞒着芳芳偷偷给岳母钱。现在胖墩儿家的超市刚起步，在资金方面拮据很多。可是岳母还一直从胖墩儿那儿要钱，理由是芳芳的姐姐和弟弟上学需要生活费。胖墩儿很无奈，这才告诉了芳芳。

"不给！"芳芳大声对胖墩儿说，"我们也是一个家庭了，我们也有孩子了，不给。我当初上学，她一直反对，却很支持我姐姐和弟弟上学。不给就是不给，下次再要钱和我商量。"

胖墩儿点点头。

胖墩儿从小时候认识芳芳到现在一直憋着一个问题：芳芳到底是岳母亲生的吗？胖墩儿一直没有问，直到今天，胖墩儿才说出口。芳芳沉默许久，然后说："我也不知道，我从小就听周围人的闲言碎语。曾经让黄瞎子爷爷给我算一下，黄瞎子爷爷好像知道些什么，却不说，只说我以后的命不会差。"

胖墩儿和芳芳面对面沉默着。胖墩儿最先打破了沉默，他对芳芳说："不管以前怎么样，从现在开始，我再也不会让你受苦了。"

"嗯。"芳芳开心地点了点头。

二

这个暑假，黄康每次到胖墩儿的超市帮忙，尤其在胖墩儿与黄康独处的时候，胖墩儿经常会提起芳芳的妈妈总来要钱的事。黄康只是默默地抚摸一下胖墩儿的后背，摊上这样一个岳母，黄康也替胖墩儿无奈。每个家庭都有一本难念的经，有句古话是"清官难断家务事"。

胖墩儿难过的那段时间，每当晚上不忙碌的时候，都会和黄康一起喝酒。胖墩儿只是在用酒精麻痹自己，而每次都是黄康先喝醉了。不过那段时间，黄康的酒量提升了不少。

炎热的天气一直持续着，已经许多天没有下雨了。黄村西边的小河沟也已经干枯了，水井里的水位也下降了很多。尤其是黄村山冈东面的那一片红薯地，那边是政府拨款修筑的深水井，那两口水井的水位一直都平稳，今年的雨水始终没有下来，那口深水井也没能幸免，水位开始下降。

黄村里的人们都在议论着那片红薯地将来的收成，这么多年都没有遇到这样的情况了。因为那口深水井的水位下降得太多了，村中大多是用农用车带动的软主泵，潜水泵一般的农用车带不动，所以村中的村民都在着急。黄国忠就开始想办法，他找到村中的电工，电工专门拉了几条电线到两个水井旁边。这样，黄村的村民们就能安心用着潜水泵浇灌自家的红薯地了。

村民们陆续浇灌着自家的红薯地。五天时间，大多数村民都把自家的红薯地浇灌完了。只剩下一些不积极的村民，其中一家就是木木家，在第六天早晨，木木的父亲才慢慢地在自家红薯地里的将水管拉上。待到九点，马上就要浇灌完的时候，水管里却突然没有水了，木木的父亲赶忙去水井那边查看，电线一切正常，潜水泵还在运行着，也很正常。他仔细听着井中的声音，发觉好像有什么东西堵住了潜水泵的抽水口。

"呸，真倒霉！一定是谁家的熊孩子往水井里扔了塑料袋。"他心里暗骂着，然后拿出手机给木木的母亲打电话。

"水泵被堵住了，你快去找人帮忙把水泵拉出来。"

木木的母亲挂了电话，就直接跑去找人帮忙。

没过多久，木木的母亲就带着三个村中的青壮年来帮忙了。他们一起使劲把潜水泵拉出来，快到井口的时候，就发现果然有一堆塑料袋堵住了抽水口。

"我就猜着是有塑料袋堵住了抽水口。"木木的父亲说。

将潜水泵拉出水井，他们发现塑料袋还不小，有两层，外面的一层是透明的塑料袋，里面的一层是黑色的塑料袋，好像还装着什么东西。

木木的父亲把堵着抽水口的塑料袋扯了下来，然后扔到了地上。几个人一起把潜水泵重新放进了水井里面。一切都准备就绪，木木的父亲才松了一口气。他开始好奇那黑色塑

126

料袋里装的是什么东西，看着还是一大团。

周围的几个人也在好奇，木木的父亲就打开了两层塑料袋。顿时，他震惊了，他打开那一瞬间，就"啊"的大叫一声。然后猛然推开了塑料袋，瘫坐在地上。周围的几个人没有看清楚里面是什么，而木木的父亲的行为更让他们好奇。他们一起打开塑料袋，其中有两个人都受不了了，直接吐了起来。

里面竟然是一个婴儿，目测是一个一岁到两岁之间的婴儿。其中有人反应过来，打了报警电话。还有人给黄国忠打了电话，黄国忠骑着电动车很快就赶了过去。经历了古墓事件后，黄国忠也知道了一些刑事案件的常识，他去到现场，就先把现场保护起来。然后，等待着警察的到来。

过了二十分钟，警车拉着警笛穿过黄村，开到了现场。几名警察下了警车，用警戒线把井口围了起来。此时，来看热闹的人有很多了。除了黄村的人，还有邻村来凑热闹的人。

胖墩儿和黄康也在其中。胖墩儿的消息一直很灵通，听到这个消息，胖墩儿看超市不怎么忙，就骑着摩托车和黄康来看热闹。

刑警在勘查现场，法医打开袋子检查了婴儿的尸体，是一个男婴，大约一岁半，身体上没有外伤，初步分析是机械性窒息死亡。然后警察把婴儿的尸体带回了派出所，做进一步的调查。

刑警走后，村民都在私下议论纷纷。有人说，这一定是哪家的姑娘意外怀孕，生出来孩子却没能力养活，就扔进了井中。有人反驳这个说法，孩子都一岁多了，应该是生病了就扔进了井里面。还有人说，怎么会，生病死亡的，大多数都找地方掩埋了。众说纷纭，没有一个固定的说法，毕竟当时警察也没做出定论，也没有给出任何消息。

胖墩儿在人群中看到了芳芳的父母，胖墩儿现在一直想躲着芳芳的妈妈，害怕她再来向自己要钱。正在胖墩儿犹豫不决要不要前去打招呼的时候，却看到芳芳的父母已经消失在人群里了。

警察把婴儿的尸体带回去是做全面的检查。虽然现在的医学水平提高了，但是也不排除这个婴儿是由其他病因导致的死亡。法医认真地对那具婴儿的尸体重新做了检查，认定为机械性窒息死亡，婴儿口鼻处有外力按压的痕迹，因此定为刑事案件。警察以黄村为中心查找尸源，查找哪家的孩子丢失了。黄村里没有孩子走失，警察又在黄村周围的村子寻找，黄村周围的村子里也没有孩子丢失。警察又扩大了范围，还是一无所获。最后，通过会议研讨，他们转变了思路，在全国范围内查找。查询了很多失踪人口的亲属留下的DNA（脱氧核糖核酸）数据库，经过漫长的等待，终于在山东的一个县城内，对比上了一户人家留下的DNA。两地警察通过结合，做进一步鉴定，终于知道了婴儿的来源。

时间离案发不到三个月。警察根据婴儿来自山东这个线

　　　　　　　　　　　一梦年少模样

索，开始重新排查三个月前去过山东的人群。在黄村就找到了一个人，那就是芳芳的妈妈。警察来到芳芳家的时候，芳芳的父母早已不在家了。经过询问黄村的村民，警察了解到芳芳的妈妈在出事后半个月就去了外地打工。警察便把芳芳的父母作为重点嫌疑对象。在敏感时期，还突然出远门，这非常值得怀疑。

其实，很早就有人怀疑了，那就是胖墩儿。"婴儿事件"后的半个月，胖墩儿都没有再见过芳芳的父母。胖墩儿一直以为是自己那天没有跟岳父母打招呼，惹得自己的岳父母不开心了。可是，胖墩儿心里的不安还没有平静下来，芳芳的妈妈就主动找上门来，她还带来很多礼物，说是给自己的小外甥带的。她跟胖婶谈笑风生，胖墩儿忽然有些不知所措。他也疑惑，为什么今天岳母的态度突然变得不一样了？同时，胖墩儿越想越觉得不安。

家里的饭做好了，一家人一起吃了饭后，芳芳的妈妈开始说正事了："亲家、王涛、芳芳，你们都在这儿，我和你们说，我在外面盘了一家卖衣服的店铺，现在真的没有多余的钱，现在借三万就行，半年内我就还给你们。"

"黄鼠狼给鸡拜年——没安好心。"胖墩儿心里默默想。

胖婶先开口了："芳芳她妈，你在外面开的什么店？现在外面店铺也不好做，可别是那种传销组织了。"

胖婶问的是事实。其实两年前，大家都知道木木就被骗进传销里面了。后来就说自己在外面开店铺，只是打电话从家里要钱，从认识的人那里借钱。再后来，木木的父亲去木木说的地址找木木，发现木木做的就是传销。木木的父亲发现木木在做传销的时候，就开始大骂他。木木一直一言不发，木木已经被洗脑了，觉得这就是赚钱的行业。他不去说服自己的父亲，只是让那些讲课的人去说服，木木的父亲刚开始被第一个人讲课的时候，就把桌子掀翻了。再后来，讲课的人越来越多，木木的父亲就开始动摇了。他慢慢开始坚信，自己的儿子遇到了一个机遇，以后能成为大老板。虽然他家里没有钱，但是木木的父亲无条件支持着木木，木木的父亲开始出去打工，供木木去当上"老总"。还没到两年，木木告诉父亲，他做的就是传销，完全是一个骗局。木木现在在一个电子厂里面打工，他要还自己的贷款。木木的父亲瞬间就崩溃了，他逢人便说传销的骗局。也是这个原因，木木基本上很少再回到黄村，传销的事情也在黄村人心中根深蒂固。

芳芳的妈妈说自己要在外面开服装店，胖婶就一直侧面劝说芳芳的妈妈，芳芳的妈妈解释说："不会的，传销的形式，我们都知道，我这是真的在外面开服装店。"

胖婶也无奈，送走了芳芳的妈妈，胖婶就召开了全家的动员会。最后商定，给芳芳的妈妈两万块钱。主要是有一个条件很诱惑人，芳芳的妈妈说，这次以后，她再也不会从胖墩儿这里借钱了。

第二天，胖墩儿就把进货的钱和银行卡里取出来的钱，

一梦年少模样

凑够了两万给了芳芳的妈妈。而后来进货的钱，是胖婶从黄康的奶奶那里借的。胖墩儿心里还在忐忑着，这些钱别再被浪费了，心里希望岳母把生意做好，祈祷着她不要像以前，拿着钱就出去打牌。

芳芳的妈妈第二天就收拾了行李，马上就去了她所说的做服装生意的地方。当天，芳芳和胖墩儿一起把她送到了车站。而当天还有一件奇怪的事情，芳芳的爸爸一直没有露面。在分别的时候，芳芳的妈妈竟然破天荒地牵着芳芳的手，一方面让她帮忙照顾一下弟弟，另一方面嘱咐着芳芳也要照顾好自己。芳芳对于这突如其来的关心有点不知所措，她当时第一感觉就像是电视里面的生离死别。

大约过了三天，芳芳的父亲才露面。他看起来苍老了很多，他来到超市买东西，看到芳芳在柜台的边上忙着分类货物，他走到芳芳身边。芳芳看到父亲过来了，急忙停下手中的活儿，给她的父亲拿了一个凳子。

待她的父亲坐下后，她继续把一些货物分类。芳芳的父亲叫了一声："芳芳啊。"

"爸，怎么了？"芳芳扭过头看着父亲。

芳芳的父亲欲言又止，顿了顿说："没事，没事。我想这几天去找你妈妈，不知道她那边怎么样了。"

"那你就去几天呗。我过几天就给弟弟和姐姐带点东西过去。"

"嗯，这几天我把弟弟先送到你姐姐那里。她现在工作的地方就一个人住，让她照顾弟弟一段时间，还能教他学习。"芳芳的父亲揉了揉额头，轻声回了一句，然后很快走出了胖墩儿家开的超市。

第二天，芳芳的父亲也拿着行李离开了黄村，他没有告诉芳芳，他走的时候黄村人也都不知道。后来，芳芳才知道，她还这么跟胖墩儿说："父亲从小到大对我还很好，我不知道为什么他没有跟我打招呼就突然离开了。"

胖墩儿把芳芳抱在自己的怀里，说："估计咱爸走得太急了，就没有再来给我们说吧。"

三

不知不觉芳芳的父母去了外面快两个月了，没有一点消息，芳芳曾试图联系他们，可电话就是一直打不通。芳芳的姐姐大学毕业后就在县城做了一名初中教师，却一直没有结婚，弟弟在她那里住，待到暑假结束，就直接让弟弟在县城的小学上学了。

暑假结束了，黄康也要回到学校去。走的时候，他对胖墩儿承诺了，十月放小长假的时候，他还会回来给他帮忙。胖墩儿他俩还喝了最后一顿酒。其间，他们谈起了"婴儿事件"。

"现在都快两个月了。这个事还是村民们饭后的谈资，也不知道何时才能查出来凶手。"胖墩儿说。

一梦年少模样

"这段时间，警察不是还在走访嘛，应该会有结果的。在我们淳朴的农村，一件命案影响很大。"黄康回应。

胖墩儿表情凝重，说："希望快点破案吧，我的孩子与那个孩子年龄相仿，我当时看着就心寒。自从有了孩子，我知道做父母真的不容易。那天后，芳芳时常看着孩子发呆，然后对我说，一定要我们的孩子健康平安地长大。"

胖墩儿又补充道："不提了，我们继续喝酒，这两个月多亏你帮我的忙。再喝一杯。"

黄康吃惊地回道："说什么呢？咱俩的关系，帮你是应该的……"

还未等黄康说完，胖墩儿就已经拿着自己的杯子与黄康的杯子碰了一下，然后一饮而尽。黄康也端起酒杯一饮而尽。两个人从晚上七点一直喝到十一点，然后两个人醉醺醺地回到了黄村各自的家中。第二天，黄康怕再麻烦胖墩儿，他只是给胖墩儿发了一个信息，然后就去车站了。

九月很快就过去了，黄康觉得在学校里还没有待多长时间。十月一日，本来室友们相约趁着假期一同出去游玩。黄康却拒绝了，他一个月前和胖墩儿约好继续回家给他帮忙。其实黄康想去，他一直有个念头，就是出去，他想看看远方，看看陌生的风景。

九月二十九日晚上，黄康就到家了。胖墩儿直接跑去找黄康，他把过去一个月中的事都告诉了黄康。警察在调查芳芳的父母，芳芳的父母成了重点怀疑对象。黄康当时听到也很吃惊。

黄康问："那个婴儿真的会是芳芳的父母拐骗过来丢弃到水井里面的吗？那她的父母不就是拐骗儿童犯和杀人犯了？那……"

黄康欲言又止，他似乎想到了什么。胖墩儿知道黄康想说什么。

胖墩儿说："其实，我和芳芳也考虑了，假如芳芳的父母真的是拐骗儿童的人，那芳芳百分之百就是被拐骗过来的。这些我只能跟你悄悄讲了，大概很多与芳芳熟识的人也会这么认为，只是没有把话说出来。"

警察在九月份连续很多天找芳芳询问各种关于她父母的情况，并且对她讲了她父母与"婴儿事件"有重大的关系。芳芳这几天都显得憔悴很多，她现在只想等到结果。她希望自己的父母不是拐卖儿童的罪犯，虽然她自己也有了很多的怀疑，自己从记事起就受着不公平的待遇，也承受着各种委屈。但是，她的父亲有时候还会偷偷塞钱给她，让她在成长过程中还能得到一丝慰藉，同时还有黄丽娟、黄蛋、胖墩儿、黄康一直陪着她成长到现在，她的心就能开心一些。当她转眼看着自己的孩子在床上熟睡，她就不再那么孤独了。

十月二日，就有小道消息传了出来，芳芳的父母在陕西被抓获了。本地警方与陕西警方做了交接手续，本地警方把芳芳的父母带回来审讯。芳芳的妈妈对所有的犯罪事实拒不交代，而芳芳的父亲却对"婴儿事件"供认不讳，还交代了二十多年里，他参与的五起儿童拐卖的犯罪事实。

　　警方听了这几件犯罪事实都惊呆了。隔了一天，芳芳的妈妈面对着各种证据也交代了犯罪事实。芳芳的妈妈交代得更多。这所有拐骗儿童的事件里，她竟然是主犯。在二十多年里，她自己加起来犯下了十五起案件，其中有几起案件中，芳芳的父亲不去参与，芳芳的妈妈就自己去做。芳芳的妈妈在家里有完全的主导地位，芳芳的父亲便显得软弱许多。

　　警察审讯完毕后，就带着芳芳的父母去黄村那片红薯地的水井边指认现场。此时现场围了很多村民，里面也包括芳芳、胖墩儿和黄康，很多人难以相信他们真的是拐卖了很多儿童的人。在村民眼中，芳芳的父亲很木讷，干活很卖力，农闲的时候就会跟着芳芳的妈妈去外面。而芳芳的妈妈却截然不同，她很少干农活，最多回家做个饭，经常去外地，跟别人说是在外面打工，不过隔一段时间就回家了。每次回到家就带回来很多钱，然后就找人一起打牌。近几年，她都没有再出门，但是，与村中的人打牌却从没有停歇。她跟村中的人都相处得还不错。

　　芳芳的父母指认过现场后，有些村民感到不可思议，有些村民觉得悲愤，孩子那么小就失去了无辜的性命，剩下的村民感到惋惜。

　　当芳芳的父母要被押解到警车的时候，芳芳的父亲突然跪下了，他撕心裂肺地喊着："对不起这个逝去的孩子，对不起前几年被拐卖的几个孩子，更对不起芳芳。芳芳，我知道你也在人群里，你是我和你妈妈把你从湖南拐骗过来到黄村的，我对不起你，我一直不敢告诉你真相。每次看到你，我都受着煎熬，也让你受了这么多年的苦。你现在去湖南找你的亲生父母吧。"

芳芳的父亲说完就上了警车。警车开走了很远，警笛声还在红薯地上空萦绕。芳芳在听完父亲那几句话的时候，脑袋里一片空白，然后大声痛哭起来。胖墩儿顺手过去想抱住芳芳，却被芳芳推开了，她说出了粗话："滚，谁都不要理我，让我自己冷静一下。"然后，芳芳就捂着嘴巴跑向黄村。胖墩儿和黄康紧跟在她后面。芳芳一直跑到了家中，然后进了卧室，坐在床前，一只手拉着自己孩子的手，另一只手抹着眼泪。

胖墩儿推开卧室的房门，看着芳芳的模样，又默默地退了出来。他和黄康两个人坐在客厅的沙发上面，胖墩儿从兜里拿出来一包烟，给黄康一支，自己也点上了一支。胖墩儿与芳芳结婚后，就几乎没有再抽烟了，装在兜里的烟都是给客户们让的。现在却抽了起来，他的心中正在酝酿一个更大的计划。胖墩儿抽完一支烟，看着黄康在玩手机，他问道："三三，你帮我买一张去湖南的车票吧，我到时候给你微信转账。我准备这段时间就去湖南一趟。"

黄康默默地点点头。胖墩儿因为早已经不去外面了，他的手机早已经没有买车票的软件。黄康给胖墩儿查了火车

　　　　　　　　　　一梦年少模样

票。芳芳这时已经站在了门前，听到胖墩儿对黄康讲的话，芳芳已经恢复了理智。

芳芳说："三三，先不要急着订车票，等警察问出在湖南的哪个地方再说。"

黄康觉得芳芳说得对，他拿着手机从购票软件退了出来，对胖墩儿说："芳芳说得对，这几天我们去派出所问警察，他们应该有更多的线索。你不要太着急了，或许警察已经帮我们找出来芳芳的亲生父母了。"胖墩儿默默地不说话了，其实芳芳心里明白，胖墩儿很爱她，从结婚到现在做什么事都提前为她考虑。

第二天，胖墩儿就带着芳芳去派出所询问案件的进展情况。他们去到以后，发现芳芳的姐姐和弟弟在那里。芳芳与他们对视了很久，芳芳的弟弟突然张了张嘴，口型是"二姐"，然后又慢慢合上嘴巴。他虽然只有十一岁，可他却早已明白了这所有的事情，自己的父母是罪犯了，芳芳也不是她的亲姐，他的眼泪就不断留着。芳芳的眼泪也跟着流了下来，在此刻，芳芳也释怀了。父辈的事，不能殃及下一代。弟弟还这么小，未来该如何面对自己的人生。

她走过去，抱住了弟弟，轻轻说："我现在谁也不埋怨，这就是我的命运吧，以后我还是你姐姐，你以后要好好做人，好好生活。"弟弟听后大哭了起来。

芳芳不停地抹去弟弟脸颊上的眼泪，然后转身进了派出所询问案件的进展情况。警察正在核实这些年芳芳的养父母所犯下的案件，跨越的省份很多，包括了山东、河南、陕西、山西、湖北、湖南、四川。有很多都是时间久远了，当时没有电子档案，不过那些地方的警方都保留了档案，现在基本上都已核查清楚了。不过，在1998年发洪水的时候，部分档案在那次洪水中遗失，芳芳的案件记录就在其中。偌大的一个县城，隔了将近二十年，这些很难再找到了。办理这个案件的警察说："据嫌疑犯交代，你是在湖南Y县的车站门口被他们抱走的。具体情况，我们还会再调查。"后来警察也说了一些其他的事情，芳芳被拐骗是他们第一次犯案，当时的芳芳才不到两岁，剪着男孩的头发，他们以为芳芳是个男孩，就直接抱起来搭车离开了。在路上才发现芳芳是个女孩，芳芳的养母要把芳芳丢在路上，芳芳的养父不忍心把不到两岁的芳芳丢到路边，经过争吵，芳芳就被带到了黄村。当时，芳芳的养父母在外了很多年，外人没有去追究这个女孩是不是他们亲生的。芳芳就这样在黄村长大，一直到出嫁。他们指定芳芳要嫁的人，然后狠狠地敲了胖墩儿家一笔礼金。当时芳芳的养母都没有想到芳芳出嫁竟然比她拐卖儿童赚得还多。

虽然说一切答案都明了了，但是芳芳的档案在洪水中遗失了，芳芳的心中还是有一种说不出的难过。她在地图查到湖南Y县那么大，她要去寻亲，犹如大海捞针。

既然警察已经把详细的信息都说了出来，芳芳还是决定去寻亲。黄康过完十月一的假期返回了学校，走之前，他安慰了胖墩儿和芳芳。黄康说："现在不要急，等放假了，我帮你们一起寻找。"胖墩儿和芳芳都答应了。这段时间，超市也一直很忙，他们准备先把超市打理好，等胖婶能一个人管理的时候，他们再去。刚过了一个月，进入十一月份，芳芳就忍不住了，她如同得了病一样，很少吃饭，总是半夜做噩梦。胖墩儿把超市打理了一遍，他们的孩子让胖婶照顾，超市则让父亲回来管理。胖墩儿的父亲听说了芳芳的事情，便把在外包工的活儿都交给别人做了，回来管理着超市的生意。

这样，胖墩儿和芳芳就能抽出来时间启程去湖南了。他们坐的火车，经过十四个小时才到站，到站后已经是第二天的早晨，芳芳一夜都没有合眼。到站后，胖墩儿看着芳芳的眼睛通红，很是心疼。他站在车站门前抱住芳芳，他知道他现在能做的就是抱着芳芳，然后和芳芳一起找到芳芳的亲生父母。

虽然已经进入冬季，但是南方的天气依然暖和许多，温度总让人觉得舒服。胖墩儿和芳芳在车站随便吃了一碗米粉，就急忙到汽车客运站搭乘前往 Y 县的班车。又经过一个小时的路程，他们来到了 Y 县，从外面看过来，Y 县坐落在两山之间。然后他们找到 Y 县的派出所，Y 县派出所已经得到了芳芳到来的消息，工作人员热情接待了芳芳和胖墩儿。他们详细讲述了当年发洪水的时候一部分档案遗失的经过。虽然情况不容乐观，但是他们找来已退休了的一个警察，当年是他负责的这个案件。

年代已经久远，不过老警察还是讲出来了一些线索。当年是一对年轻的夫妇来报的案，可以确定他们都是本县人，但不在县城里面住。警察与那对夫妇在县城里寻找了几个月，最后还是无果，便再没有消息了，剩下的都不怎么记得了。

就这些，芳芳就已经觉得满足和欣慰了。她觉得亲生父母仿佛已经在自己面前了，很快她就能与亲生父母相逢。

芳芳和胖墩儿从 Y 县的派出所出来，在 Y 县先找了旅馆住下，把行李都重新整理一番，他们便开始了真正的寻亲之旅。他们目标很明确，一定要找到芳芳的亲生父母。出了门，先到打印店印刷了几千张的寻人启事，上面标注了芳芳和胖墩儿的手机号。下午，他们又到了派出所，请派出所的民警帮忙把寻人启事发放到乡镇的主要街道。芳芳和胖墩儿也拿了一部分到乡镇里面去张贴。

不到一周，这张寻人启事已经贴满了 Y 县里乡镇的大街小巷。剩下的时间，芳芳和胖墩儿就在旅馆里慢慢地等待。

芳芳预想到寻亲不会很顺利，可不承想寻亲比预想的困难多了。焦急地等待了一个月，没有消息，芳芳和胖墩儿不再等待，又出门寻找。尽管是南方，冬天的到来，依然有寒气袭来。南方的冷与北方不同，北方是凛冽的寒风，把皮肤吹得冰凉，而南方的寒气，却是在深夜刺到骨头里面。两个月后的夜晚，胖墩儿把芳芳抱得很紧。芳芳却一直睡不着，

一梦年少模样

她的泪又忍不住流了起来，然后慢慢演变成了抽泣："找不到了，不找了……"

胖墩儿在熟睡中被吵醒了，他赶忙坐起来打开灯，安慰着芳芳："不要放弃，我们还能找到你的亲生父母。"芳芳停止了哭泣，她平静了一会儿对胖墩儿说："我们回去吧，我想我们的儿子了，等明年……我们回家，过完年再来。我不想再在这里了。这样的天气一点也不舒服。"胖墩儿点着头回答："嗯，放心吧，我们会找到的。"

四

胖墩儿要去南方的时候，提前给黄康打电话说了行程。黄康嘱咐他们注意安全，黄康本来也想去帮忙，可是学校还未放假。

就在这两个月中，黄蛋的 QQ 竟然发过来了消息，黄蛋要了黄康的手机号码，还加了黄康的微信。他们在微信上视频，两年多没有见，黄蛋完全变了模样，他原来还挺有肉的脸颊，现在却凹了下去，这两年多，黄蛋成熟了不少。

黄蛋笑着说："三三，你找女朋友没有？你这两年多吃胖了呀，吃胖了不容易找女朋友啊，哈哈！过段时间，我去看看你。"

黄康突然觉得想笑，黄蛋虽说模样变得成熟很多，但是说话还是这么随意畅快。

"没有，没有。什么都没，我现在除了上学一无所有。"黄康说完这些，就迫不及待与黄蛋讲述这两年多发生的事情。

"黄蛋，你听着，有些事你不要放在心上，你如果难受了，就快点回来找我，我和你一起买醉。"黄康停顿了一会儿，便讲述了起来。关于黄瞎子逝世的事，芳芳和胖墩儿结婚的事，还有芳芳在寻亲的事。

黄蛋对着手机屏幕沉默了一会儿，依然微笑着说："过去的事就让它过去吧，等有机会，我们一起再到黄瞎子的坟前敬他一瓶酒。芳芳是个好姑娘，我相信胖墩儿以后会比我对她好的。我看到胖墩儿给我的 QQ 上发了很多消息，不论怎么样，胖墩儿和我们的情谊是一辈子的，不能断。"

黄蛋已经默认了现实。

黄蛋又问黄康："现在他们寻找到亲人没有？"

"没有，我一直联系着胖墩儿，他们已经去了很长时间，目前还没有找到。"黄康回答道。

黄蛋说："那好吧，芳芳现在一定很焦虑。这段时间我在办理退伍的手续，等我正式退伍以后，我也前去帮芳芳寻找亲人。"

"啊！你要退伍！这么快？"

"对啊。当了两年的义务兵，我自己的选择，这么多年，我自己的选择总被忽略，我做了太多荒唐的事，说过太多荒诞的话，只是想被关注，现在我想用自己选择的方式活着。"

"那你家人都知道吗？"

"他们啊，肯定不同意，在四处托关系让我转士官。我说我该自己选择了。我父亲挺赞同的，他现在做的酒店生意风生水起，人手总是不够，他想我也该回去接手他经营了几年的酒店了，不过黄国忠闹得最厉害，想我一直待在部队里面。"

说完，黄蛋大笑了一会儿，又接着说："我先答应了我父亲，其实我现在还不想去接手，酒店那里就让我姐姐和姐夫去打理算了，我想自己在外面也做出点成绩，让每个人都知道，我自己有能力活得很好。"

退伍后，黄蛋去了他父母身边，在酒店里帮忙了一段时间。这段时间，他也联系到了胖墩儿和芳芳。胖墩儿和芳芳在两个月的寻找无果的情况下，就收拾行李回到了黄村。他安慰着芳芳和胖墩儿不要太着急，他这段时间就去帮忙寻找。

黄康考完期末的最后一场考试，黄蛋就在黄康的学校门口等待着了。他们已经商量了很久，决定在黄康期末放假后就一同去湖南帮芳芳寻找亲生父母。临行时，黄蛋和黄康在饭店里吃得很饱，这是黄蛋和黄康第一次一起出远门。两个人都不喜欢带一堆食物去远行，所以就先填饱肚子，两个人还喝了一瓶白酒。吃完饭，黄蛋就偷偷付了钱，黄康就笑着黄蛋，黄蛋还是如以前一样照顾自己。黄蛋笑笑说："我现在还有退伍费，而你现在只能花钱。"

黄康知道黄蛋的意思，就是黄蛋现在手里有钱。黄康没有回答，就去了饭店旁边的小商店买了四瓶水和两包烟。这便是他们一路的干粮。

　　他们坐晚上的火车，在凌晨，他们就到站了。两个人下了火车，就在手机地图上寻找旅馆。清晨六点，黄蛋就早早醒来，起身的动静惊动了黄康，黄康也翻身起来。他知道黄蛋起床是因为这几年的生物钟一直没有调节好。黄蛋劝着黄康再休息一会儿，黄康说睡不着了。当时，黄康在担心的是他们如何在毫无线索的情况下去寻找芳芳的亲生父母。

　　黄蛋坏笑一下，说："山人自有妙计。"

　　原来黄蛋在父母酒店这段时间，也没有闲着，他一直关注芳芳寻亲的事，也一直在联系自己的战友们，其中一个湖南 Y 县的战友回忆以前他们那个村曾有一个女孩走失的情况，黄蛋就把芳芳现在的照片发了过去，让那位战友辨认，战友也不太确定，就看着有点像那个女孩的母亲。这让黄蛋开心好多，那个时候，芳芳已经回到黄村了。黄蛋决定，和黄康去帮芳芳寻找亲生父母。

　　他们早早就来到了黄蛋那位战友所说的那个村庄，南方的村庄完全不像北方的村庄那么集中。两三户人家在山腰、两三户人家在山脚，零星分布着。

　　黄蛋和黄康以战友的村庄为中心，挨家挨户去敲门，拿着芳芳的照片找人。一天过去了，一点线索都没有，大部分人都摇头没有见过。第二天，还没线索。一周过去了，黄蛋

　　　　　　　　　　　　　　　一梦年少模样

和黄康不知道爬过了几个山头，虽然失望一直没有停过，但是与自己家乡不同的风景也让他们没有了疲倦的感觉。还有他们也发现了一件有趣的事，当走得远的时候，这里的方言就有所变化了。黄蛋从小就搞怪，他这两年也学到各地战友的方言，他也用当地的方言去交流。

一周后的一天，他们终于找到了一丝线索。他们敲开一家村民的门，开门的是一位老奶奶，这位老奶奶用不流利的普通话跟他们交谈着，老奶奶是这个地方的百事通。经过很长时间的交谈，老奶奶才知道他们的真正来意，然后黄蛋就把自己手机里芳芳的照片给老奶奶看，老奶奶拿着手机认真地瞅着，看了一会儿，她斩钉截铁地说："这个女娃，是南边那个山脚下姓刘的一家人丢失的。不过第二年就发了洪水，很多村民都搬走了。这家人也搬走了，现在具体在哪个地方，我也不知晓了。"

老奶奶是真的不知道了。芳芳走失的第二年，Y县就发了洪水。芳芳的亲生父母不仅是因为房子被冲走了，还因为芳芳的走失，就离开了这个伤心地。

找到了线索，黄蛋和黄康终于如释重负。根据这个线索，他们直奔老奶奶指的南边的那个山脚下。他们找了几个当地村民去看芳芳的照片，他们都说有这么一家人，洪水爆发后，就举家搬迁了。其中还有人说出了男主人的名字。

黄蛋和黄康心里的大石头终于放下了。他们立刻返回Y县的派出所，说明了情况，警察很快就查出来了芳芳的亲生父母搬迁的地方，他们搬到了临边的县城里面，已经在那里定居了。

出了派出所，黄康急忙拿出手机给胖墩儿打了电话，告诉了胖墩儿这个好消息。打完电话，黄蛋和黄康就火速赶往临县，胖墩儿和芳芳这边就准备再次踏上寻亲之旅。

黄蛋和黄康根据警察提供的信息，找到了芳芳亲生父母的居住地。黄蛋拿出来照片给他们看，他们就大哭起来。他们确信这就是他们日思夜想的女儿，他们曾寻找了许多年依旧杳无音信，原本以为她已经不在人世了，现在照片在面前，他们就大哭起来。他们一眼便认出这就是他们的女儿，他们的女儿还活着。

黄蛋和黄康当晚在这里住下了。芳芳的亲生父母做了一桌子的饭菜招待他俩，他们两个人成了老两口的恩人，给他们最高的礼节待遇。

吃饭中，他们聊天。黄蛋和黄康了解到关于芳芳走失的更多事情。

原来芳芳那次走失完全是一个意外。当时，芳芳的父母带着芳芳的奶奶到 Y 县城的医院看病，从医院到车站，芳芳的奶奶又突然觉得身体不舒服，芳芳的亲生父母着急照顾芳芳的奶奶，就没有注意到芳芳，等他们回过神，才发现芳芳已经没有踪影。他们就一直找，最后报警了，可依然没有找到。第二年芳芳的奶奶在悲伤中去世了，Y 县也发了洪水，他们便决定搬迁到临县定居了。现在他们做着水果批发的生

　　　　　　　　　　　　一梦年少模样

意，生活还算稳定，芳芳走失以后，他们又生了一个女儿和一个男孩。可是，芳芳当年走失永远是他们的心头病。

第二天上午，芳芳和胖墩儿赶到了这里，他们还带着自己的孩子"小胖墩儿"。芳芳的亲生父母就在汽车站门前等待了很久。芳芳见到一对夫妇在门口，他们眼光交汇在一起，从眼神里就看出这一定是彼此的亲人。然后芳芳的母亲跑过去抱住呆住的芳芳，母女两个人一起哭了起来。芳芳的亲生父亲走到她们母女的身旁，也抹着眼泪。

虽然一家人聚齐了，但是为了保险起见，他们去做了亲子鉴定。鉴定机构要三天才出结果。芳芳这三天完全感受了母爱，她在家里看着自己的妹妹和弟弟，看着母亲抱着"小胖墩儿"就不松开，她觉得无比幸福。

黄蛋和黄康这几天没有离开这个地方，他们和胖墩儿吃饭喝酒谈天地，这是时隔多年，三人再次在一起聊天。为了给芳芳与她的父母留出空间，这三天时间，黄蛋、黄康和胖墩儿他们便在湖南一起旅行。

他们去了长沙，橘子洲头。黄蛋退伍前就想把全国各地都旅行一遍。

三天后他们回来了，芳芳的亲子鉴定结果也出来了。芳芳的基因与自己亲生父母的基因吻合，芳芳就是那个他们丢失多年的女儿。这一切才算圆满。在这里，亲生母亲在努力爱抚着她，她终于找回了那份迟到多年的母爱。

黄蛋和黄康提前离开了，分别的时候，芳芳眼眶里全是泪水，她不知道如何感谢黄蛋，黄蛋躲开了芳芳。胖墩儿、黄蛋和黄康在这几天，天天都是酩酊大醉。胖墩儿很多次都要提起他和芳芳结婚的事情，都被黄蛋用别的话题扯开了。黄康知道不是黄蛋不想再提了，是他心里还有着芳芳，他忘不掉芳芳，可芳芳已经嫁给胖墩儿了，黄蛋不想再提起。

黄蛋和黄康离开以后，便去了上海。他们在上海待了几天就等着回家过年。当时黄康说："黄蛋，你和我一起回黄村吧。"

"不了，我这趟出门不知道何时才会结束，待到有机会再回去吧。"

他们两人分别了，黄蛋一人踏上了他自己的旅途。

十一、归乡

一

在"如家青年旅馆",他们聊了很多,午饭一直吃到了晚上。黄蛋、黄康和胖墩儿三个人已经喝得酩酊大醉。

他们回忆了一遍年少时代,最后感叹时间过得真是飞快。

结束的时候,胖墩儿让黄蛋抽出来时间回黄村一趟,他答应了胖墩儿。黄蛋已经四五年没再回过黄村,他也想回去一趟。

晚上,收拾完餐具,大家围着桌子坐着时,黄蛋就把吉他从屋里面拿了出来,在酒精的作用下,他弹奏了黄康曾写的一首《少年梦》:

> 一梦少年又轻狂,二梦少年无模样。
> 他乡他水思故乡,故人回首不见了。

荷叶青时映荷花，樱花美时无樱叶。

锦鲤昨日藏池底，蛙声一片听静夜。

怪哉，怪哉。

一叶扁舟跨江去，听闻江头有鲲鹏。

不见他人有归途，所以此去无归期。

双脚轻轻浸湖水，静观鱼儿偷莲蓬。

忽听暖风吹脸颊，顺手青柳折一叶。

天也，空也，梦也，城也。

白鹭踩云烟，转向山水间。

清水绕半城，夏柳湖边迎。

张目观千山，暑气蒸无眠。

七月伴流火，夕阳进尖山。

千言与千帆，遍布人世间。

举杯敬思愁，仲秋照月明。

　　他唱完，大家都热烈地鼓掌。黄康也把另一首《在他乡》拿出来，让黄蛋唱来听。

风中草，花间蝶。飘摇二十载？

今朝酒，明日醉。只因摽梅年。

走四方，饮五湖。尝遍人间路。

转回首，看远方。少年在他乡。

吵闹声一直持续到深夜，一群人才安静下来，他们在旅馆住下。第二天就匆匆而别。

胖墩儿临行前还不忘嘱咐黄蛋："你一定抽时间回黄村。"

二

黄康毕业了，在找工作之前又回到了黄村，黄康想回去看自己的奶奶，奶奶被父母接到城里住了一年，奶奶在乡下住久了不适应城里的生活，她觉得太拘束了，就在一年后回到了黄村。黄康告诉了黄蛋，黄蛋直接同意同行。黄蛋也很久没有回家了，从上次胖墩儿来过一次后，告诉他现在黄村发生了巨大的变化，黄蛋心里就一直发痒。他对黄康说："我也想看看黄国忠了，还有我奶奶。"黄蛋已经完全接受了黄国忠，黄蛋打电话时，对黄国忠的称呼就是"爷爷"。每个人都会在这世间兜圈，兜一圈回来，还是原点。这世间的道理其实根本没有什么道理，只是遵循着万物的法则。

黄康、黄蛋和刘静一起回到了黄村。黄蛋已经准备和刘静订婚，回来给自己的爷爷奶奶报一个喜讯，黄康也是报喜讯的，他算是毕业了，多年的上学旅程，终于结束了。

黄康早上起来得很早，七点半准时在火车站与黄蛋会合。他们的车票时间是八点二十。票是黄蛋提前在网上订的，黄康提前来到火车站，他把黄蛋和刘静的身份证要过来，在自动取票机前，把车票都给取了。

一路上，刘静紧紧拽着黄蛋的胳膊。火车行驶了六个小时，到了他们的家乡。

　　这次的旅途，黄康觉得最轻松。过往的旅途就像是一场修行，磨砺一个人的心性。当一个人经历很多事后，过往的一切都变得轻松许多，或者说当一个人的见识与思想提高很多以后，这世间的悲欢离合就开始没有那么重要了。

　　到了站口，他们下车了。胖墩儿已经在出站口等了很长时间。时代真的已经变了很多。黄康还清晰地记得上小学的时候，他们一群人经常骑着胖墩儿家的破三轮车去镇子上赶集，也记得上高中了，胖墩儿还骑着摩托车在路口接黄康。现在才过了四年时间，胖墩儿已经买了一辆货车和一辆家用汽车。

　　虽然没有隔多久的时间，但是胖墩儿还是跑上来抱抱黄康，抱抱黄蛋，就像又时隔多年未见了一样。

　　一路上，胖墩儿对黄村的变化说个不停，这些都是讲给黄蛋的，黄蛋已经快五年没有回到黄村了。黄蛋也听得一脸兴奋，刘静看着黄蛋兴奋的模样，一直在偷笑。

　　"这大概是他们之间最好的氛围吧。"黄康心里想。

　　回到村中。胖墩儿讲的都是真的，黄村这几年变化很大，已经不是他们小时候那个破旧的乡村了。因为黄村位置好，要形成一个开发区。黄村的边上建了一座大型电厂，架起来的高压电线刚好把黄村围着。建这个发电厂的时候，就有领导保证，电厂建成以后，黄村再不会出现断电的情况。

　　　　　　　　　　　　　　　　　　　　　一梦年少模样

黄康还记得小时候上学，每个人都会在上晚自习的时候自备一支蜡烛，放在抽屉里面。

　　他们也都还记得小时候大家都视蜡烛为珍宝。在黄村，每到元宵节，村民们就会到祖先的坟前点亮蜡烛，所以就买很多蜡烛，剩下的蜡烛就在自己家门前点亮。他们趁着村民们去祖先坟前送蜡烛的时候，就开始在村子里闲逛，偷别人门口的蜡烛，然后把蜡烛融化了装在花炮的纸筒里面，以备来年上晚自习用。现在他们想起来就笑自己当时真的太幼稚。他们当时偷的最多就是黄康家，黄蛋带黄康偷自家门前的蜡烛。

　　回到黄村，已经是傍晚时分，黄村的路灯已经照亮了整个道路。从这里开始架电网，修路也就开始了。

　　黄蛋这四年多没有回来，黄村已经发生了翻天覆地的变化。其中变得还有他们这几个一起长大的少年。

　　到了黄村村口的时候，黄蛋说："这次回来，我要去黄瞎子坟前给他烧点纸钱。"

　　胖墩儿和黄康都点了点头，这么多年，已经没有人再提起黄瞎子了。他们年少时，黄瞎子是对他们几个孩子最好的人。黄蛋是跟着黄瞎子学习的乐器，小时候他们一直觉得黄瞎子很神秘，现在觉得他也是一个平凡的人，平凡得如同落入大海里面的一滴水。

　　他们下了车，各自回家。黄蛋带着刘静回到家中，黄蛋的奶奶开心极了，拿出早已准备好的零食给刘静。黄国忠也几年都没有见到黄蛋了，他虽然对黄蛋还是一副严肃的表情，但是对刘静就温和了，他看着自己未来的孙媳妇，心里偷偷地开心。

黄康回到家里，他把自己毕业的消息告诉了奶奶，奶奶很是高兴，从黄康小时候，黄老头去世，她就把自己所有的精力都聚集在黄康的身上，她看着黄康一点点长大，从小学、初中、高中、大学，再到现在大学毕业，黄奶奶在慢慢变老。生命中就是有一种不公平的事，就是上代人看着下代人慢慢长大，自己却慢慢老去。

黄康还清楚地记得，以前每次回来，黄奶奶都很开心，去超市买菜，路上遇到熟人问她为什么买这么多菜，她就兴奋地对熟人说，我孙子回来了。这么多年，黄康跟黄奶奶的感情比跟父母深得多，他提前回到黄村就是害怕黄奶奶孤独太久。黄康明白很多道理，例如上了年纪的人就喜欢后代围在自己身边，黄奶奶也曾经对黄康说过："只要你回到黄村，我的心里就踏实很多。"

黄康这次回家，并不急着让黄奶奶去做饭，祖孙两个人就坐在门前的大树下聊天，聊着过往，聊着黄康小时候的模样。黄康觉得这画面最温馨，一老一少在椅子上面，老人拿着芭蕉扇摇着，在赶走夏日的酷热，而扇出来的风都在少年身上。

黄蛋和黄康在胖墩儿家吃过饭，便一起出门了。他们拿着酒和一些纸钱趁着夜色去了山冈下面，黄瞎子的墓前。黄

一梦年少模样

蛋拿起一整瓶酒都倒了下去，弥补当年没有参加黄瞎子葬礼的遗憾。胖墩儿拿起来纸钱点燃了，三人一起默默地鞠躬，看着火焰慢慢灭了，火焰上的纸灰飞得很高很高。

黄村夜晚的土冈，寂静而幽暗。只是这一团火焰，照亮了黄瞎子坟前。他们一直等到火焰熄灭，才缓缓地走下土冈。

黄村以前泥泞的小路，变成了现在宽广的水泥路。他们围着村子转了一圈，转到了小卖部门前。

黄村这个小卖部的主人已经换了成了"二剑客"之一的黄强，当初胖墩儿开了超市，黄村有很长一段时间没有小卖部，黄强就发现了这个商机。虽然黄强四肢不健全，但是他很聪明。黄强开了这家小卖部，便能满足自己的生存需要。黄康还听胖墩儿说，黄强已经跟外村的姑娘定亲了。再过不久，他们就会结婚。

黄蛋看着黄强，不知道如何与他打招呼。以前经常把黄强的作业本偷来改名字，现在却不知道如何开口与他说话。黄强似乎并没有在意这些，他对黄蛋还是很热情。当年，黄强因为身体的原因，不能再继续读初中时，黄强依然感激黄蛋在小学毕业前那段时间对他的照顾。

这时，村中几个少年来到黄强的小卖部，其中一个少年请客，他们翻开冰柜，拿着雪糕和冰可乐。付了钱后，他们在黄强的小卖部门口围成一个圈，其中一个少年手中拿着手机，熟练地打开里面的一款游戏。

"每人只能玩一局。"

"我玩亚瑟。"

"我玩鲁班。"

黄蛋他们几个人在黄强的小卖部里大笑起来。黄康说："他们在玩目前很火的腾讯游戏吧？比我们那时候在胖墩儿家玩学习机强多了。"

黄强说："他们都是来我这里蹭无线网络的。咱们村子现在只有联通的网线，没有几户人家有无线网络，他们就经常晚上来蹭网。"

黄康和黄蛋已经不再认识这群少年是黄村哪户人家的孩子，只是觉得他们很熟悉，与他们年少时一起玩耍的场景有几分相似。或许，不论时代怎么改变，不论科技怎么进步，总会有一群少年在这样的喧闹中长大，变成了大人。

在黄蛋、黄康和胖墩儿之后，永远会再有一群少年。黄村的过往依旧是：一代又一代，周而复始。他们转身过往，他们不见将来。一梦如年少模样，一梦如现在时刻。

两年后，黄康再次归乡，只是他接到了黄奶奶病重的消息。

胖墩儿说："你奶奶前些天身体还好着呢，怎么就突然……"胖墩儿没有再往下说。

黄康奔向医院。

他看到病床上奶奶的头发变得稀少，全身布满了管子，她身上的住院服跟黄康印象里的模样格格不入。黄奶奶是大家闺秀，一直很体面。而如今的她只能靠着透明的液体和输氧管来维持生命。

黄康的心脏像在滴血，一阵阵地疼痛。

黄康走近奶奶，众人开始对黄奶奶喊道："你快睁开眼看看，你的孙子回来了。"

黄奶奶听到孙子回来了，吃力地睁开了眼睛，像是用尽了所有的力气。

大家看着黄奶奶睁开眼睛，开始高兴起来。有人问道："你想吃点什么吗？"

黄奶奶已经好多天没有吃什么东西了。而此时，她发出微弱的声音："烤……红薯。"

黄奶奶的声音微弱，大家却听得很清楚。大家很疑惑，只有黄康心里明白，夏天那会儿，黄康打电话对黄奶奶说："我想吃烤红薯。"

黄康站在窗户边上，看着车水马龙的街道，他屏住呼吸，瞬间就觉得全世界都安静了。

在黄康心里，黄奶奶能做很多事，她的身体一直很健康，很少生病。他不敢相信那个勤快的黄奶奶就这么倒下了，他更不愿去相信。而事实现在就在他的面前。

黄奶奶是一个体面的人，葬礼也办得特别隆重。

葬礼结束后，黄康家的院子忽然变得空空荡荡，仿佛失去了所有的东西。

黄康的父亲可能也意识到了这点，他站在空荡的院子中自言自语："这里该重修盖房子了。"

确实是，现在的黄村家家户户都盖上了新房，像这种老宅子整个镇子几乎也找不到几个了。

虽然黄康的父亲是自言自语，但是黄康还是听到了。他问父亲："真的要推倒老房子，重新盖新房子吗？"

"对啊，推倒老房子，重新盖新房子吧。将来退休了，回来养老用吧。"

"盖房子养老吗？老房子不是挺好吗？以后你会回来养老吗？"黄康问着父亲。

"不知道，谁知道以后呢？可能以后再也不会回来了。但是，花钱盖个新房子，也给自己留一个念想吧。"

黄康没有再问父亲什么，黄康觉得老房子是他对故乡的念想，而父亲觉得花些钱盖个新房子是他对故乡的念想。

晚上，黄康躺在自己睡了多年的床上，却是翻来覆去睡不着。黄康失眠了，他不知道自己将来会不会再回来了。黄康起床收拾起行李来，收拾完行李，他呆呆地看向窗外，月光很明亮，杨树的叶子被风吹出"沙沙"的声响，黄康则听成了"三三"……

这大概就是黄村给黄康留下的最后的声音吧。

　　　　　　　　　　　　　　　一梦年少模样